Mulheres Submissas

Erika Sanders

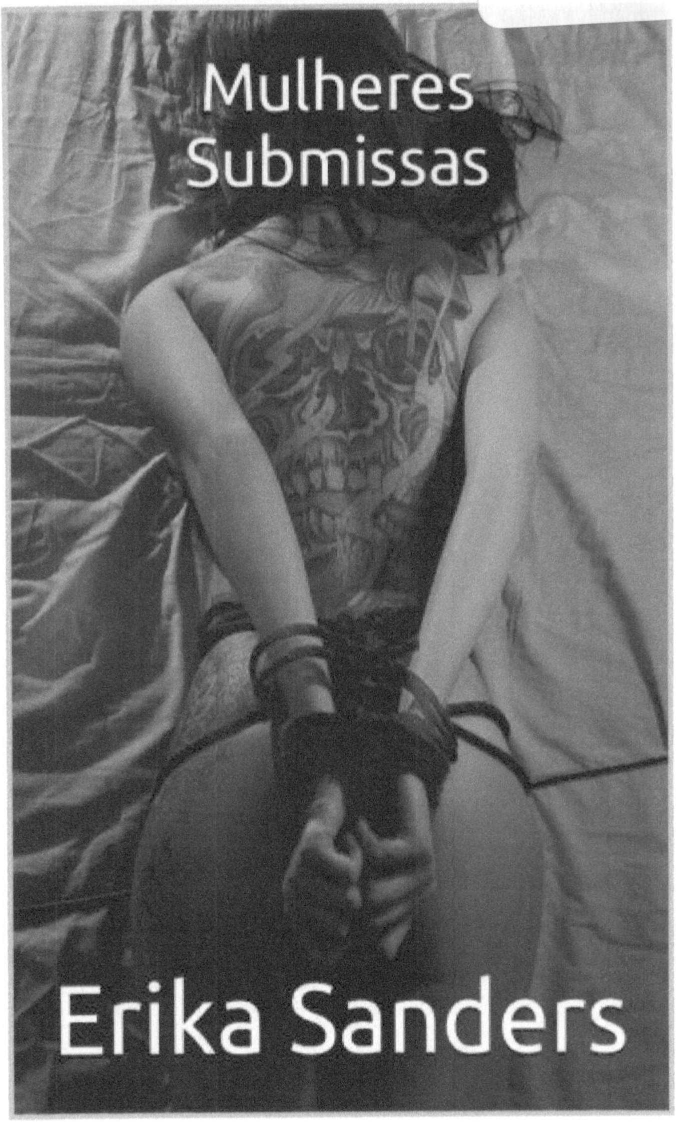

Mulheres Submissas

Erika Sanders

Serie

Mulheres Submissas

Sinopse

É composto pelos seguintes romances:
    Submissa
    Fantastic Girl
    O Jogo de Despir
    Mulher Latina Submissa

Mulheres Submissas é um romance com forte conteúdo erótico BDSM e, por sua vez, um novo romance pertencente à coleção **Dominação e Submissão Erótica**, uma série de romances com alto conteúdo romântico e erótico BDSM.

(Todos os personagens têm 18 anos ou mais)

Nota sobre a autora

Erika Sanders é uma escritora conhecida internacionalmente, traduzida em mais de vinte idiomas, que assina seus escritos mais eróticos, longe de sua prosa habitual, com seu nome de solteira.

Índice

MULHERES SUBMISSAS
ERIKA SANDERS

SUBMISSA

11

Te desejo.

Tudo de TI.

Da cabeça aos pés e tudo mais.

Seu corpo, sua mente, sua alma.

As imperfeições que você odeia e eu não.

Eu amo cada parte de você, do jeito que você é.

Especialmente essa bunda.

Quero estar contigo.

Todo o tempo.

Não importa onde você esteja.

Minha mente vagueia, desencadeada por um pensamento ou uma imagem.

Uma canção.

Suas iniciais em uma placa de carro.

Uma palavra simples falada de passagem que tem um significado especial para vocês dois.

Um estranho que usa cabelos como o seu.

Vestido como você.

Quero ouvir tua voz.

Quando você me chama com seus apelidos.

Me diga que você me ama, você sente minha falta.

Descreva como foi seu dia.

Pergunte-me sobre o meu e dê-me a sua opinião.

Compartilhe o que estamos fazendo ou planejando.

Até o mundano.

Seduza-me tarde da noite enquanto estou deitada nua na cama no escuro e você está a quilômetros de distância.

Seja duro comigo quando eu ficar mimado e faça beicinho para desligar o telefone para dormir ou me preparar para o trabalho.

Quero ver seu interior aberto por escrito.

Eu saboreio cada nova mensagem e foto.

Eu reviso conversas anteriores.

Lembro que quando não estamos fisicamente juntos, você ainda pensa em mim.

Isso pode acontecer com um toque de seus dedos.

Suas palavras são fortes, embora não haja som; Eles me tocam ao fundo, como se você os tivesse dito diretamente no meu ouvido.

Quero discutir meus romances com você.

Sugira ideias para mim enquanto fazemos o brainstorming do enredo e dos nomes dos personagens.

Elimine áreas problemáticas.

Fique tonto com os comentários e opiniões dos fãs.

Acalme minha raiva e confusão quando leitores sem rosto e sem coração criticam minhas histórias sem um bom motivo.

E continuo escrevendo mais um dia com o seu incentivo.

Eu quero ser domesticado por você.

Para cozinhar e fazer o trabalho doméstico.

Fazer recados.

Vá dançar, veja um filme e faça viagens.

Apenas aconchegue-se e tire uma soneca no sofá em um fim de semana chuvoso.

Me ligando ansioso para fazer amor debaixo de pilhas de cobertores na cama o dia todo.

Adormecem nos braços um do outro à noite e depois acordam um ao lado do outro pela manhã.

Tomar banho junto.

Faça sexo artificial quando brigamos.

Eu quero ser beijado por você.

Repetidamente.

Com ternura e rudeza.

Você sabe como tirar sarro de mim.

Satisfaça-me.

Acorde-me com seus lábios, dentes e língua.

Para me fazer chorar e gemer.

Suplicar.

Meu corpo treme.

Eu quero fazer coisas pervertidas com você.

Participe de refeições e eventos.

Faça amigos em seu estilo de vida.

Participe de jogos sexuais em festas.

Descubra mais desejos secretos.

Libere nossas inibições.

Explore nossos lados mais sombrios.

Levando um ao outro ao topo das alturas e, em seguida, confortando um ao outro quando caímos para o mais baixo dos mínimos.

Eu quero ser dominado por você.

Ele rosnou porque eu sou seu.

Você faz meu pulso acelerar e minha respiração parar quando ouço suas ordens.

Silenciosa ou abrupta, ambas as situações me fazem corar.

Eu realmente quero que você me prenda contra a parede com seu pau entre minhas pernas, pressionado contra minha boceta.

Que você me manda te foder ... para gozar somente quando você diz.

Não tenho escolha a não ser ceder quando você tortura minhas orelhas, pescoço e seios com sua boca.

Ou quando eu sinto suas mãos em meu corpo enquanto você reclama as suas.

Meu peito se enche de orgulho quando você diz que sou uma "boa menina" por fazer o que você quer.

Eu quero ser amarrado por você.

Fisicamente.

Mentalmente.

Com as mãos, algemas ou cordas.

Meus pulsos presos acima da minha cabeça ou presos à cabeceira da cama.

Pernas restritas, juntas ou separadas.

Meus movimentos e reflexos controlados.

Qualquer chance de tocar em você eliminada.

Uma venda nos olhos para que eu não possa ver o que você vai fazer comigo.

Eu quero ser fodido por você.

Nua e oprimida sob seu corpo enquanto você me leva embora.

Ficar livre de restrições sem um toque de nenhum de vocês, usando apenas suas palavras para me fazer contorcer e gemer enquanto você arruína minha mente deliciosamente.

Ou os toques simples e leves que você descobriu trazem múltiplos orgasmos, não importa onde você acaricie meu corpo.

Eu quero que você me use.

Sendo arrastado de um lugar para outro à vontade.

Oprimido quando luto.

Minha bunda nua bateu enquanto me segurava.

Meus brinquedos usados em mim ... por você.

Sua mão segurando meu cabelo na parte de trás do meu pescoço.

Pressionando levemente minha garganta enquanto olha nos meus olhos.

Para me lembrar quem está no comando.

Eu quero obedecer às suas regras.

Quando você está fora do meu alcance, eles me dão algo em que me concentrar.

Eles são definidos com o meu melhor interesse em mente.

Eu sei que você será disciplinado de acordo se eu quebrá-los.

Que você confia em mim para ser honesto com você quando eu o desobedecer.

Eu quero que você me console.

Aninhado contra você quando estou sobrecarregado ou tendo um dia ruim.

Meu cabelo acariciou e beijou com minha cabeça aninhada sob seu queixo contra seu peito.

Acalmado por suas palavras e seus braços ao meu redor.

Balançou até que as lágrimas parassem.

Quero cuidar-te.

Para abraçá-lo quando você estiver triste, cansado ou doente.

Serei sua força, alguém em quem se apoiar, porque até um Dom pode ter momentos de fraqueza.

Como seu sub, estou aqui para ajudá-lo em qualquer situação em que você precisar de mim.

Para agradar você ou aliviar sua dor.

Eu quero todas essas coisas e muito mais.

Porque sou submisso assim.

Como seu dominante ...

FANTASTIC GIRL

PRIMEIRA PARTE
ROBERT E MONICA

19

Seis anos atrás

Estamos na primavera, os alunos aguardam ansiosos a chegada do verão, das viagens, dos amores; Os pensamentos de todos não estão nos livros, mas no que farão quando as aulas terminarem.

Em uma classe como muitas outras, Monica e Robert sentam em carteiras. Eles se conhecem desde o primeiro ano. Eles são amigos.

ELA: Monica; 15 anos; filha de 2 agricultores; cabelos escuros, olhos escuros.

Características distintivas: bonito; a natureza foi muito generosa com ela: um rosto esplêndido, dois olhos de contos de fadas, pele lisa e perfeita, um corpo bonito, tonificado e bem formado, seios ainda não desenvolvidos, mas impressionantes pela firmeza; Soma-se a isso o fato de que desde criança sempre teve o hábito de ir para a escola a pé ou de bicicleta, dada a precária situação econômica dos pais, que viajam quilômetros e quilômetros todos os dias; além disso, ele freqüentemente e de boa vontade ajudava seus pais no trabalho no campo; quando podia, gostava de relaxar nadando no pequeno lago perto de sua casa. O resultado é uma menina linda, que tira o fôlego só de vê-la de longe.

Ela não é muito boa na escola, não gosta muito de estudar. Por outro lado, ele se destaca em todos os esportes - nem mesmo os meninos conseguem enfrentá-lo.

Ela espera se formar, encontrar um trabalho honesto para ajudá-la, encontrar o menino dos seus sonhos, começar uma família, mais tarde; seu sonho, porém, seria se tornar uma atleta consagrada. Por isso, sempre que pode, ela treina, corre, nada, faz ginástica sozinha no campo (sem ter condições de pagar uma academia).

HE: Robert, 15, filho de 2 professores universitários; cabelos castanhos, olhos azuis. Ele herdou uma mente extraordinária de seus pais; Ele poderia tirar notas acima da média sem estudar, mas seus pais querem o melhor para ele: quando criança o forçaram a estudar 4 línguas diferentes e o impediram de ter uma vida social real; o resultado é um menino muito inteligente, mas tímido e introvertido; Seus colegas costumam provocá-lo por sua aparência física: não muito alto, um pouco gordo, absolutamente negado para qualquer atividade que não requeira apenas raciocínio, um físico não mais excepcional, ainda mais arruinado por anos passados em livros e em o PC. Nunca teve namorada e sabe que dificilmente conseguirá, dadas as suas dificuldades de relacionamento; ele sempre foi um pouco resignado.

Seu primeiro dia de escola.

Ambos estão atrasados, eles se sentam no único balcão livre; para ele é amor à primeira vista; ele nunca viu tal criatura; estar perto dela o faz ficar no sétimo céu; no entanto, ele está ciente de que nunca poderá tê-lo. Ele já se prepara para vê-la quando vai se sentar em outro lugar, quando ela sorri para ele e pede que lhe explique uma fórmula que ele não entendeu: ele sorri por sua vez e explica a fórmula com uma naturalidade desarmante.

Eles se tornam amigos; Monica vê nele um menino terno e sensível, um amigo; uma espécie de acordo tácito é criado entre eles; Robert se torna uma espécie de "tutor" escolar e não economiza em fazer com que ela aprenda as matérias mais difíceis: para ele, tê-la por perto é um sonho.

Eles costumam se encontrar à noite para estudar juntos.

Monica, em sua ingenuidade, não percebe o sentimento que Robert sente; por outro lado, todos os meninos olham para ela de uma certa maneira, e ele, sendo mais reservado, não deixa escapar o que sente; vê-o como um amigo e é isso.

Já Robert, com o passar do tempo, começa a se xingar: contar a ela o que sente e correr o risco de perdê-la para sempre ou continuar a tê-la assim?

Tempo da formatura - três anos atrás

Monica se tornou uma garota ainda mais bonita do que antes: agora ela é mais mulher. Sua feminilidade é mais evidente em suas formas, seu esplêndido rosto mais formado. Suas habilidades atléticas a tornaram uma atleta completa em nível nacional; Depois de se destacar em todos os esportes femininos no colégio, ela se tornou uma ginasta profissional; agora seu objetivo é tentar terminar o ensino médio com dignidade para se dedicar totalmente ao esporte.

Nisso ela deve muito a Robert, que a ajudou muito, muitas vezes até fazendo sua cópia em seus trabalhos de classe; o fato é que ela o vê feliz em ajudá-la e não vê nada de errado nisso.

Em sua ingenuidade, ela não percebe o sentimento que ele tem por ela.

Até porque há alguns dias namora um rapaz, por quem está se apaixonando ... bom, pelo menos parece que está se apaixonando, coisas clássicas que acontecem na adolescência. Eles se encontram à noite e nos finais de semana, mas ainda não é oficial. A atração entre eles é forte, eles quase sempre fazem amor, existe um entendimento forte.

Ela não tem visto Robert com freqüência ultimamente, ele está bastante avançado em seus estudos agora, ele não precisa mais dele; E então está ficando chato

Robert cresceu, especialmente na escolástica. Ele ganhou várias bolsas, especialmente nas áreas de tecnologia da informação, eletrônica e programação.

Muitas empresas de prestígio já estão avaliando você para entrevistas e ofertas de emprego.

Ele é um gênio, tem muito sucesso em tudo o que há para pensar.

Mas ele está triste.

Suas habilidades não conseguem impressionar a mulher dos seus sonhos, que agora se tornou uma obsessão. Em uma tentativa desesperada de marcar pontos, ele se inscreveu no time de futebol da cidade, na esperança de se aproximar dos interesses de Monica ... com resultados desastrosos. Ele deixou o time e zombou de Felix, o capitão.

Ele está conformado com a ideia de perdê-la, já que ela está aprendendo a estudar sozinha e, acima de tudo, vai entrar no mundo dos esportes para deixar o dela.

Às vezes você se pega sendo persistente com ela:

"Tem certeza que não quer que eu lhe dê uma mão para o seu teste de geometria? Sério, eu acho que você precisa de uma mão, todo mundo passa um tempo difícil ..."

Ela o silencia "escuta, não insista, é só pra mim, e estou aprendendo também, obrigada, mas não insista".

Essas agora são conversas comuns entre vocês dois.

Há dois anos

Monica não gosta de estudar, principalmente no final de maio. Ele prefere nadar, caminhar ...

Robert sabe que deve desistir, mas a obsessão é mais forte do que ele.

Você não pode deixar de pesquisar na Internet todas as fotos dela baixadas de artigos esportivos, ela criou sua própria pasta pessoal.

Há uma foto bem preservada de uma reportagem sobre campeonatos regionais, na qual ela é retratada em toda a sua glória, envolta em um terno justo que pouco deixa para a imaginação, tirada durante um exercício de peso corporal, enquanto fazia alguma espécie de ponte, destacando suas formas e músculos.

Isso não pode continuar.

Você tem que ir até ela e falar com ela, expressar o que sente.

Você decide ligar para ela, para marcar uma consulta, você absolutamente deve falar com ela:

...

Monica: "mas me desculpe se é tão importante, me diga uma coisa pelo telefone"

Robert: "Bem, falar por telefone é constrangedor, digamos que seja sobre nós dois, aqui estou ..."

Monica: O quê !? Nós dois? Ouça Robert, você e eu somos amigos, nada mais, se é isso que você queria me dizer, evite vir!

... você ... você ... você ... você ...

Ela está visivelmente chateada, ela está ocupada naquela noite e não consegue entender o fato de que Robert esteve ao seu lado todo esse tempo com segundas intenções; E ultimamente ele tem ficado muito agressivo

Robert está destruído.

Agora ele sabe que também a perdeu como amiga.

Ele não desiste, resolve procurá-la para esclarecimentos, pelo menos quer que eu volte a falar com ele.

Você conhece o caminho, só que parece muito curto, comparado ao usual: o que você vai dizer, como vai começar o discurso? Agora você adivinhou a verdade e a perdeu para sempre. Como pode ser remediado?

Ao se aproximar da entrada da casa, ele ouve um fluxo de água no lago ao lado da casa de Monica.

Robert sabe que adora nadar à tarde para manter a forma.

Ela é mais forte do que ele, ao invés de bater na porta, ele se aproxima do lago, com a intenção de bater nela.

"Monica ..."

Você não pode ouvir, está debaixo d'água.

Enquanto nadava, Robert consegue vê-la em toda a sua beleza; seu corpo parece ser feito de mármore, mas mantém uma incrível sinuosidade e feminilidade. Ele se move na água com graça e poder ao mesmo tempo.

Naquele momento ele está entre as árvores e, quando vai chamá-la de novo, a vê saindo da água ...

Sua voz trava na garganta.

Eu nunca vi isso.

Ela está nua.

Ele se aproxima da praia, sai em todo o seu esplendor, as gotas d'água desenham lindos caminhos por todo o corpo, enquanto ele sai e torce os cabelos. Os seios cheios, mas firmes, movem-se sinuosamente junto com os músculos peitorais; No abdômen, destacam-se os abdominais esculpidos de anos de exercícios. As pernas são pontiagudas, longas, mas também definidas e musculosas. Seu corpo é um hino à perfeição. Ao se aproximar da costa, Robert vê toda a sua nudez e fica imóvel, sem poder fazer nenhum som.

Mas algo inesperado acontece.

Ela não está sozinha.

Robert ouve risos atrás de um arbusto para onde Monica está indo.

Agora ele a perdeu de vista, mas pode ouvir risos, gemidos de prazer e mais risos.

"Monica, acho que você deveria falar bem com o Robert, dizer que estamos juntos e parar de traí-lo, uma garota como você faria qualquer um se apaixonar ..."

"Mas eu não achei que ele tivesse segundas intenções ... é ... só ultimamente ele se tornou insistente, inexplicavelmente ciumento, possessivo, isso está me dando muito trabalho ... eu ... eu não sei como dizer a ele, ele não parece entendo. Talvez eu devesse saber há muito tempo."

"É melhor esclarecer o mais rápido possível, se você não fizer eu o farei"

"Não se preocupe, você está com ciúmes? Como eu poderia sentir alguma coisa por ele? No começo eu pelo menos o achei gentil, amigável, mas agora acho que entendo suas verdadeiras intenções; e depois fisicamente ... aqui ... ele é repulsivo. ... certamente não gosto de você ... "

Ambos riem.

Eles param de falar e começam a se beijar e se abraçar novamente.

Robert está simplesmente petrificado.

Depois de todos esses anos que ele esteve perto dela ...

Essas palavras o deixam arrepiado.

Você gostaria de gritar sua raiva e frustração para o mundo inteiro, mas seria inconveniente se fazer ouvir naquele momento.

O mais lógico é ir embora em silêncio, e é uma decisão quase clara na mente.

Subindo a costa, com muitas dificuldades, procura um caminho menos íngreme do que antes; ao fazer isso, ele tropeça em um galho com o baque resultante.

"Nossa, você ouviu isso Monica?"

"Acho que sim! Quem poderia ser? Alguém veio nos espionar?"

Eles se vestem o menos possível e vagam por entre as árvores em busca do intruso.

Robert está fugindo, neste momento ele começa a correr furtivamente, mas o homem está sobre ele em segundos.

Ele reconhece, na escuridão, o capitão do time de futebol da escola.

Felix.

"Robert?"

"O quê? Não me diga que você veio aqui para nos espionar!"

"... nn ... não ... por favor pessoal, não é assim que você pensa Monica ... eu ... vim aqui só para falar com vocês, ouvi um barulho e vim para o lago, vocês não me ouviram, mas te chame ... "

Um soco no queixo o interrompe abruptamente.

"Você é uma espécie de verme inútil, agora vou te ensinar a vir espionar MINHA namorada"

"... não, Felix, por favor ..."

Um joelho no estômago o silencia ainda mais.

Robert está no chão, indefeso.

Porém, mais do que a dor física, é a terrível humilhação que ele está sofrendo que o faz sofrer.

Monica pega a mão de Felix antes de bater nele novamente.

"Pare, Felix!"

Robert tem um fôlego. Talvez Monica queira ouvi-lo, ciente de todas as tardes que passamos juntos.

Nada está mais longe da realidade.

Ela caminha até ele, seminua, em sua calcinha e uma regata leve ainda molhada para o banheiro.

Destaca-se o contraste entre ela, alta, bonita, forte, de cor sã, um pouco bronzeada ... e ele, no chão, encurvado sobre si mesmo, ombros e braços magros, barriga crescendo na cintura, consequência de anos. passado, estudando.

Ela está acima dele e a vê como um anjo em seu resgate.

Uma visão de sonho, ele tem a fantasia de beijá-la, passar as mãos naquele corpo fantástico, deitado em uma praia deserta, com ela para sempre.

Monica o traz de volta à realidade. Ela o levanta com uma das mãos pela camisa e o olha direto nos olhos.

"Felix, é inútil sujar as mãos com esse nada, bater nele só iria acabar em apuros. Quanto a vocês, subespécies de molusco, nunca mais falem comigo, fui tão ingênuo em pensar que você estava perto de mim amigavelmente, mas teria fato eu tive que ter entendido imediatamente do que era toda a sua insistência, ciúme, obsessão; Imprima essa voz e esse rosto bem na sua mente, porque você nunca mais vai falar comigo. Graças a Deus irei na próxima semana, para ir para um lugar onde espero que não haja ninguém disposto a me oferecer ajuda "desinteressadamente" e depois me espiar na minha privacidade ".

Vai desaparecer.

"Vamos para casa, Felix. "

Robert no chão, incapaz de olhar para trás, em uma chuva de lágrimas, rasteja para casa.

A dor física quase não é sentida.

SEGUNDA PARTE
SONIA E MONICA

Faz 3 anos

Ela: Sonia, 18 anos, o pai trabalha como empregado, a mãe é professora de biologia molecular. Duas boas pessoas. Ela não é bonita. Pequeno, pálido, não importa muito, é bastante feminino, mas certamente não é provocante. Ela é uma menina inteligente, herdada da mãe uma grande paixão pela biologia e genética.

Muito reservada e recatada, ela nunca teve meninos, nem tanto por causa de sua aparência física, nem exuberante, mas não repreensível, mas porque NÃO se interessa por meninos.

Seus interesses se limitam a leitura, pesquisa, genética. Uma garota fria, calculista e anti-social.

E de um sadismo sutil, inato e inexplicável.

Muitas vezes acontece que ele vai ao laboratório, secretamente da mãe, para procurar um animal e torturá-lo sem motivo preciso. Ele gosta daquele sentimento de poder sobre a vítima e de ver a tentativa malsucedida de escapar de seu destino por parte dos espécimes mais fortes.

E graças a sua habilidade de medir sua crueldade, ele nunca matou ninguém.

Suas vítimas favoritas são as mais vitais e resilientes, então você pode se esforçar mais sem consequências permanentes.

Nesse sentido, ela nunca pensou que poderia torturar qualquer espécime humano, embora a ideia a tente muito.

Até aquele dia.

Estamos em abril há dois anos.

Sonia se prepara com relutância para acompanhar a aula de ginástica com seus colegas.

Tédio mortal, além de um esforço considerável.

Nas voltas de aquecimento no ginásio, ele sempre fica para trás junto com Robert, o sabe-tudo da escola. De vez em quando conversam, trocam duas palavras falando sobre isso e aquilo. Evidentemente, eles não sentem nenhum tipo de atração mútua, só fazem companhia durante o horário da academia.

Ela o acha muito inteligente e concorda com ele em muitos aspectos da vida cotidiana.

Só há uma coisa que ele não entende o significado: o sentimento que ele tem por Mônica, aquela ginástica, arrogante, estúpida e, acima de tudo, insensível, vista como "exploradora" do pobre Robert. Ele não entende como um cara inteligente pode ser provocado assim e ao mesmo tempo ser persistente e teimoso em sua obsessão.

Seu é puro desprezo.

Porém, há algo que o confunde: o corpo de Monica. É possível que a natureza seja tão zombeteira a ponto de encerrar uma pessoa tão superficial, insensível e estúpida em uma concha tão perfeita?

Às vezes, no vestiário, ela percebe que ele está olhando para ela por mais tempo do que deveria, mas não entende por quê.

Essa estúpida hora de ginástica está quase acabando, só esperando o último exercício no mastro para depois fazer a prova da aula de biologia, que terminará em dez minutos, do gênio de sempre Robert, e depois todos os outros, que vai demorar um pouco mais.

Foi aquela vadia da Monica que insistiu que queria subir no poste, aplaudida em voz alta por todos os outros, é claro.

Enquanto Sonia se preparava para tentar em vão escalar, Mónica a acertou involuntariamente, fazendo-a bater com o nariz no poste, dando uma risada geral.

"Calma gente, vamos lá, façam esse exercício rápido, já estamos atrasados ..."

"Sinto muito ..." diz Monica, e com uma leveza quase animal sobe ao topo e desce com a mesma rapidez.

"Me desculpe, seu idiota" ... é o que Sonia está pensando, mas ela só está pensando. Enquanto se agarra ao mastro fingindo um esforço inútil para escalar, ela observa Monica no mastro adjacente: camiseta branca, shorts escuros (como no uniforme escolar), calcinha e sutiã visíveis. À medida que parte do calção sobe, ele cai devido ao contato com o bastão, revelando um fio dental preto e parte de suas nádegas esbranquiçadas que se contraem com o esforço. Na descida, porém, é a camisa que se levanta, expondo o umbigo e a barriga lisa. No momento em que desce do mastro, faz o gesto de levantar a camisa para enxugar o rosto, mostrando a perfeição de seu abdômen.

Nesse preciso momento, Sônia se vê em seu laboratório com seus instrumentos e Mônica seminua, suada e ofegante, imobilizada em uma mesa com cordas e alças de todos os tipos, enquanto espera que ela faça seu trabalho tentando se contorcer de várias maneiras como um animal de laboratório ... "não chega a desculpa, sua puta nojenta, agora te ensino educação".

Ela tinha ouvido falar sobre orgasmo de seus companheiros e, na verdade, ela se acariciou levemente, sentindo um prazer sutil.

Mas, naquele momento, imaginar aquela cena, enquanto ela se agarrava ao mastro, dá a ele um prazer devastador, como se ele tivesse que se conter para não gritar.

Desde aquele dia sua vida mudou, ele vê Monica como uma vítima potencial de suas fantasias e sente prazer nisso.

Os animais não são mais suficientes.

Algumas semanas depois.

Como a Sonia se sente estúpida.

Sua obsessão por Monica a privara de clareza.

Ela deveria ter imaginado que ninguém iria agradá-la com seus jogos perversos.

E ele não deveria ter convidado Monica para sua casa.

Por outro lado, ele não resistiu. Nos banheiros depois da aula, ele a encontrou na frente dela pela enésima vez, e desta vez nua, enquanto ela tomava banho.

Enquanto Monica se ensaboava de olhos fechados, Sonia comia aquele corpo a cada centímetro, invejando por um momento aquela esponja com que se lavava.

Enquanto a fantasia passava por sua cabeça, as outras garotas notaram a fixação de Sonia e riram.

Eles foram deixados sozinhos após cinco minutos.

Monica: "Por que você está demorando tanto? Achei que fosse a única que adorava um banho demorado ..."

"... como? Oh sim ... bem, é relaxante."

Ele estava prestes a desligar e fechar as torneiras.

"Ei Monica, você tem um pouco de sabonete na bunda"

"Uh obrigada! Que espírito de observação! Agora vou embora que esta noite tenho o cross country, se eu ganhar também com os meninos vou bater um novo recorde, sabe?"

"Ei, você é muito atlético, além de bonito"

"Obrigado" sorri, não imagina malícia por parte de muitos homens, muito menos de uma mulher.

"A propósito, você sabia que muitos atletas usam eletroestimulação? Você usa?

"Bem, por enquanto não, embora já tenha ouvido falar; não sei muito sobre isso."

"Sério? Quer vir me ver? Tenho alguns aparelhos, para estudos de biologia, sabe. Posso deixar você experimentá-los ..."

Ela tinha ido para a casa dele.

Como dois amigos.

Sonia não se atreveu a dizer a ele que ela usava essas ferramentas para seus jogos sádicos com animais de laboratório.

Eles haviam se trancado no quarto.

"Agora. Tire a roupa ..."

"Desculpa?"

A Sônia não era muito sociável e não entendia que algumas palavras circunstanciais costumam ser de bom gosto, antes de ir direto ao ponto.

"Bem ... bem ... você não estava aqui para experimentar os eletroestimuladores? Tenho que aplicá-los em todo lugar. Você pode ficar de calcinha e sutiã se quiser."

Monica, um pouco irritada, começou a se despir, já que basicamente ela vinha para isso, então ela não fez barulho.

Sonia quase perdeu o controle quando levantou a camisa. Com olhos quase assombrados, ele olhou para sua nova cobaia de laboratório.

"... escuta, eu corri trinta quilômetros ontem, estou um pouco cansada, talvez não pudéssemos experimentar essas suas coisas primeiro em algum lugar e depois ver se dói?"

Trinta quilômetros e um pouco cansada, pensou Sonia; um atleta perfeito; neste espécime posso testar tudo e muito mais ... e já estava perdido na idéia de tudo o que ele poderia testar em uma mulher como esta: testes de fadiga, estímulos prolongados de prazer misturados com dor, controles de limiar, dor ...

Ela foi interrompida em seus pensamentos por Monica que a viu como em um transe

"Ei, oi! Sonia, você está aqui comigo?"

"ah, claro, vamos tentar ... nas nádegas, ok"

"Buah ... Nas nádegas?"

"Por quê? Você está envergonhado? Posso ajudá-lo ..."

Depois de colocar bastante gel nos eletrodos, ele os colocou com muito cuidado, quase como um maníaco, nas nádegas e em parte da parte interna da coxa.

Não parecia real para Sônia que ela pudesse tocar aquele animal impunemente, e ela teve que se abster de se demorar muito em sua carne para não deixá-la desconfiada. Mas a posição em que fora colocada, com as pernas afastadas, ligeiramente inclinada para a frente, com uma das mãos segurando o cabelo imóvel e a outra apoiada na mesinha de cabeceira, de cueca, era impossível não testar a firmeza de suas nádegas e parte interna da coxa.

Monica percebeu isso e parecia um pouco chateada.

Então Sonia se recompôs.

"Ok, agora estou enviando pulsos de 1 segundo no nível 1"

Monica sentiu um formigamento, mas nada se moveu.

Em seguida, Sonia foi direto para o nível 3.

Monica sentiu seus músculos se contraírem a cada segundo; Inicialmente, aquilo a pegou de surpresa, mas ela começou a achar que era quase agradável.

Sônia viu seus glúteos e adutores se contraírem e começou a entrar em crise. Ele gostaria de atordoá-la, despojá-la do pouco que lhe restava, amarrá-la bem e chegar progressivamente ao nível 10 em todo o corpo.

Mas era uma fantasia.

Ele quase desmaiou quando mal ouviu um gemido no momento da contração.

Era possível que ela gostasse dele?

A não ser que...

Ele teve a ideia nada saudável ...

"Escute, já que acho que você está gostando, podemos experimentar no corpo inteiro?"

"Ah bem sim ok"

A colocação dos eletrodos durou mais de dez minutos.

Sônia queria aproveitar cada momento que aquele lindo corpo tocava.

Ele colocou eletrodos em todos os lugares.

O menor em bíceps, tríceps e panturrilhas.

Aquelas um pouco maiores no abdômen, costas, peitorais, coxas, além das que eu já tinha.

Com uma desculpa inacreditável, dizendo que ele tinha que conectar o "aterramento do equipamento", ele efetivamente a prendeu a uma estrutura que foi usada como suporte no laboratório.

E ele também tirou o sutiã dela dizendo "só por segurança" que ela tinha que colocar sensores naquela área para os batimentos cardíacos. Desta forma, ela envolveu os mamilos com eletrodos especiais e prendeu a parte do seio à armação.

O resultado foi Monica amarrada em forma de X, com o corpo praticamente nu, a não ser por sua pequena calcinha preta, e os eletrodos presos na maior parte de seu corpo, na frente e atrás.

"... mas ... mas ... eu não consigo me mover"

"Desta forma, posso colocar os eletrodos onde eu quiser, e com braços e pernas esticados seus músculos funcionarão melhor"

Monica não entendia muito e parecia muito estranho, mas ela confiava nisso.

Todos os eletrodos estavam conectados a uma máquina que Sonia manipulava com mãos experientes.

Tudo começou nos níveis 3 e 4.

Encantada com esta obra de arte viva, ela dosou os níveis e intervalos à vontade, admirando como todos os músculos de Monica estavam praticamente a seu serviço.

Monica achou isso um pouco estranho, mas a sensação física era agradável.

Porém, havia algo que a perturbava nos olhos de Sonia, ela parecia quase em êxtase.

"Bem, interessante, Sonia." Não perguntei quanto tempo essas sessões geralmente duram. Não, estou te dizendo porque eu tenho um encontro hoje à noite e eu não quero ...

Foi silenciada por uma mordaça que Sônia, em meio ao êxtase, enfiou violentamente em sua boca, imobilizando-a ainda mais contra a estrutura.

"Cale a boca, vadia!"

Monica, quase incrédula, tentou se libertar, mas sem sucesso. Da mordaça ela emitia sons quase animais, de raiva descontrolada, quando Sonia se aproximava dela.

Ele começou a lambê-la, beijá-la, mordiscar cada ponto de seu corpo.

E o que mais a excitava eram as explosões de rebelião e repulsa em sua cobaia.

Nos cinco minutos seguintes, ele aumentou o nível para 7 e viu os músculos dela se contrairem de forma anormal, e o suor aumentou ainda mais a condutividade dos eletrodos.

Monica passou de um estado de espírito primeiro para uma raiva incrédula, depois para o pânico e finalmente ... quase para a excitação. Como era possível ser excitado por uma mulher tão depravada? Além disso, seu corpo em violentos espasmos lhe disse o contrário.

Sonia percebeu que o fio dental havia se molhado e sorria diabolicamente. Ele se aproximou e começou a brincar com o fio dental para removê-lo.

Porém, Monica queria desesperadamente sair daquela situação e a razão prevaleceu.

Com um esforço incrível, ele conseguiu quebrar parte da estrutura metálica e soltar a mão direita.

Então ele removeu a mordaça e começou a gritar com o máximo de ar possível na garganta, arrancando todos os eletrodos.

Sônia encontrou-a livre à sua frente e recebeu um chute no rosto que a fez desmaiar.

Monica, em pânico, fugiu com suas roupas.

Em um momento de clareza, ele pensou em alertar a polícia assim que chegasse em casa.

Agora Sônia e Monica estão na delegacia.

Monica havia processado Sonia por agressão sexual, contando a verdade em todos os detalhes. Porém, a casa de Sônia estava isolada e ninguém a tinha visto sair daquele estado e ninguém a ouviu gritar. Além disso, a história não era muito verossímil, pois a polícia estranhou que uma mulher forte como ela fosse imobilizada por uma magra como Sônia. E então o "tratamento" não havia deixado marcas em seu corpo, que agora estava em perfeita saúde.

Sonia estava se xingando.

O que aconteceu com ele?

Ataque-a assim.

Certamente era um sonho tê-la, mesmo que por alguns minutos, mas agora?

Monica nunca mais confiará nela.

A zombaria dos companheiros e as opiniões do povo não o interessavam. O que mais a incomodava era ter perdido o controle e ser jogada em uma situação perigosa.

Ele certamente não poderia ter previsto que a fera furiosa quebraria parte da estrutura de metal, mas com tal físico ...

Ela prometeu a si mesma que no futuro seria mil vezes mais cuidadosa. Porque ela ainda está determinada a tornar sua fantasia realidade.

Por enquanto, ela se limita a lidar com a situação desagradável: na falta de provas, é ela quem acusa Monica de tê-la atacado com um chute depois de quase tê-la despido para seduzi-la. A versão de Sônia, com sua aparência de menina típica de bons modos e de boa família, sofrida pelo ferimento no lábio causado pelo chute de Mônica, é mais provável aos olhos da polícia que hipotetiza um ataque de Mônica após uma recusa de Sonia.

Depois de vários dias de investigações, interrogatórios, tudo termina em um impasse por falta de provas.

Sonia solta um suspiro libertador de alívio dentro de si; depois de assumir uma expressão de medo e sandignação diante dos comissários. Uma vez do lado de fora, ele olha Mônica diretamente nos olhos com um sorriso maldoso e lascivo como se dissesse: Você viu, sua puta idiota, do que sou capaz? Aos olhos dele, você é quase mais culpado do que eu. Saiba que mais cedo ou mais tarde você vai desaparecer ...

Monica está confusa.

Ele percebe que agiu de forma ingênua e imprudente.

Há poucos dias, ela descobriu que Robert, seu colega estudante, tinha segundas intenções e veio espioná-la enquanto ela era íntima de Félix.

E agora esse colega a imobiliza para torturá-la. Felizmente ele teve força para se libertar, caso contrário ... tente não pensar no que poderia ter acontecido. Além daquele estado de excitação quando ela estava indefesa à mercê daquela louca?

Melhor não pensar nisso e pensar no seu futuro como atleta, voltando aos treinos.

E sem eletroestimuladores ...

Parêntese pequeno

Uma semana após o fato.

Monica compartilhou sua versão com seus colegas / amigas. Muita gente acredita na Monica, ela é uma menina muito amada e respeitada, não apenas objeto de inveja e desejo.

Sônia não tem amigos, ela é uma menina tímida. Como resultado, ele não se preocupa com a aparência depreciativa das pessoas. Ele voltou a brincar com seus joguinhos com animais de laboratório e porquinhos-da-índia.

Hoje está planejada uma excursão de um dia ao parque.

Ela ficará sozinha observando os meninos e meninas fazerem piadas, jogarem e namorarem uns aos outros, incluindo Monica.

Curiosamente naquele dia, depois de nadar no lago do parque, um grupo de meninas começou a se encontrar com ela, para conversar sobre isso e aquilo.

Juntos, eles vão dar um passeio na floresta.

Quando eles chegam perto de uma cachoeira barulhenta, eles param de falar.

Sonia se assusta com o olhar de seus amigos improváveis.

"Agora você terá uma pequena lição"

Ela é carregada nas asas, incapaz de se rebelar, atrás de uma pedra, assustada.

Monica está esperando por ela atrás da rocha.

"É todo seu, Monica, dê uma boa lição nela, ficaremos na entrada para evitar que alguém se aproxime, embora o lugar seja quase desconhecido; em uns vinte minutos voltaremos para você; divirta-se."

Sonia está em estado de terror.

A imponente e bela figura do objeto de seus desejos se destaca a um metro dela. Mas não é o que você gostaria. A Sônia gostaria de tê-la amarrada, à sua mercê, agora estão sozinhas e só Deus sabe o que vai acontecer.

Monica tira o short e a camiseta, ficando de biquíni.

Ele se aproxima de Sônia, que por um momento a vê como uma amante e se ajoelha para admirá-la.

Ao ver Mônica assim não pensa mais, faz o gesto de beijar seu umbigo.

Em resposta, ele recebe um chute no estômago.

"Agora fique nu, VADIA"

Sem entender suas intenções, ele obedece sem hesitar.

"Completamente"

Monica também tira suas roupas mais recentes.

"Não tenha ideias estranhas, vadia, eu não quero molhar minhas roupas"

As duas meninas, nuas, são um contraste óbvio entre elas; beleza e feiúra, força e fragilidade, sensualidade exuberante e vergonhosa timidez.

Monica a puxa pelos cabelos em direção à cachoeira e a joga na água, mergulhando atrás dela.

Ele a pega pelo pescoço e a levanta.

"Agora nesses vinte minutos terei uma pequena vingança, vadia, e espero, principalmente para você, que nunca mais fale comigo ... ah, não se preocupe, não vou deixar sinais visíveis para você me denunciar"

Sônia olha para sua ex-cobaia com nostalgia e admiração.

Quando ela está curvada com as mãos em volta do pescoço, seus olhos estão cheios de raiva. No esforço de levantá-la, ele contrai todos os músculos de seu corpo magnífico.

Sônia vê Mônica em todo seu esplendor e em toda sua fúria, mesmo que a situação seja inversa, em relação à última vez.

Durante os próximos 20 minutos, Monica afunda a cabeça de Sonia várias vezes, levando-a ao limite. Enquanto o segura, ele também bate algumas vezes. Você deve dar vazão à sua raiva por ter sofrido aquele sentimento de vulnerabilidade que sentiu na casa da prostituta. E acima de tudo por causa daquela excitação sem sentido que sentira.

Mesmo neste momento ele se pergunta por que teve que se despir completamente, o maiô teria secado com o calor.

E por estar nua e sozinha com aquele ser perverso, ela fica excitada novamente.

Isso a enfurece ainda mais, fazendo com que mantenha a cabeça debaixo d'água por mais alguns momentos do que deveria.

Sonia engole um gole de água e começa a tossir convulsivamente.

Monica para, se recompondo.

Nestes minutos Sonia sofre fisicamente, mas claramente sabe que Monica só quer lhe dar uma lição. E isso a tranquiliza. E ver aquela besta em toda a sua fúria a excita, pensando sobre o que isso poderia fazer com ele, se ele estiver na condição certa.

"Agora vá embora"

Monica diz, um pouco chocada com a emoção inexplicável que sentiu um pouco antes.

Sônia olha para ela, se vestindo, se perguntando se os mamilos de Mônica estão tão eretos por causa da água fria ou por outros motivos.

Os olhos se encontram e Sonia mais uma vez tem aquele brilho diabólico nos olhos.

-Eu quero ter isso-

Monica pensa em Sônia.

Ela vai embora, tossindo, lançando olhares assassinos aos "amigos" de plantão.

Monica sabe que seus amigos se juntam a ela quando ela grita com eles.

"Deixe-a só!"

Os amigos entendem o momento difícil e se retraem.

Na solidão da cachoeira, Monica se vê lutando contra seus instintos.

Ela está nua na água; Recentemente, os acontecimentos com Robert e Sonia o estão fazendo entender o quanto sua beleza chocante afeta as pessoas.

Ele quase se sente culpado.

E desconfortável.

Ela se sente observada.

Ele se vira em direção ao topo da cachoeira.

Uma sombra furtiva foge e se retira para um arbusto.

Monica, ainda chocada com o ocorrido, com um salto prodigioso alcança rapidamente o mato no alto da cachoeira e consegue pegar o desavisado "admirador" ... Roberto.

"Como? Você de novo?"

Monica fica maravilhada ao ver como é cada vez mais objeto de atenção indesejada.

Robert não tem nada a dizer, desta vez ele sabe que está errado e isso é completamente injustificável.

Monica, em meio a uma fúria descontrolada, bate nele com os dois punhos e aperta seu pescoço com força.

"Droga! Você pode saber o que você quer de mim? Eu só quero que você me deixe em paz. A lição do lago não foi o suficiente para você?"

Robert, incapaz de reagir, está no chão. As mãos de sua amante estão agarrando seu pescoço enquanto ela se senta em cima dele, nua montada nele. Apesar da situação perigosa, vendo aquela beleza selvagem, ele não consegue deixar de esticar as mãos sobre o corpo nu de Monica, se excitar, agora não tem nada a perder.

Monica mal entende a situação, e ao notar um inchaço inconfundível na cueca do menino, repelida pela aparência do indivíduo, dá-lhe um chute firme nas partes inferiores, causando-lhe uma dor indescritível.

A situação dela nua em um menino no chão, combinada com os acontecimentos de antes, novamente provoca uma estranha excitação na garota, quase fascinada por seu poder e força, e pelo efeito que ela tem nas pessoas.

Empurrando com força o pensamento para fora de sua mente, ele foge deixando um Robert fisicamente aniquilado no chão.

O que acabou de acontecer com ele, aquele chute violento, está causando uma dor terrível em suas partes inferiores.

O objeto de seu desejo é cada vez mais inatingível para ele, e ele cai cada vez mais

Ultimamente ele havia descoberto o que acontecia entre Sonia e seu objeto de desejo.

Isso o incomoda muito. Acima de tudo, ele se pergunta como Sonia conseguiu convencer Monica a congelar assim. Depois, a história dos eletroestimuladores ... ele fica com vergonha de si mesmo ao ficar excitado só de pensar nisso.

Ele sente alguma inveja daquela garota estranha, magra e feia, apaixonada pela genética: ele achava que a tinha, mesmo que apenas por alguns minutos e de uma forma perversa.

E quanto ele teria dado para ficar sozinho com ela naquela casa, com ela completamente nua e amarrada?

Mas no que ele está pensando? Não, pensar nessas coisas só vai te machucar.

Renúncia digna é melhor.

TERCEIRA PARTE
MONICA E SEU TRAJE

45

2018 - O esporte

Ninguém que viu Mônica nos últimos anos, seu corpo, do que ela é capaz, mesmo em competição com a galera, teria a menor dúvida de que ela tem todas as credenciais para se tornar uma atleta de nível absoluto. Quase parece, aos 21, que às vezes excede as leis da física. O que é surpreendente sobre ela é o fato de que ela se destaca tanto em disciplinas onde a força é necessária (como arremesso de peso, lançamento de dardo) e em disciplinas de velocidade, como corrida; Ela consegue se antecipar aos atletas negros nas modalidades puramente de velocidade, causando espanto, admiração e até inveja dos atletas ao seu redor.

A natação permite que ele fique em forma, mas mesmo nessa modalidade ele se destaca e consegue acompanhar a maioria dos meninos.

A disciplina em que consegue aliar tudo com resultados excepcionais é o salto com vara, tanto que se concentra mais nessa especialidade, com um pouco de pesar por não poder competir em todas as disciplinas (o que poderia facilmente fazer).

O relacionamento dela com Félix acabou há muito tempo, apesar da atração que sentia, ela não suportava o ciúme dele; por outro lado, ela entende, ao se ver no espelho, que nenhum homem pode deixar de admirá-la. Mas é melhor assim, naquele momento ela se sente bem consigo mesma e livre.

Só do ponto de vista profissional falta algo. É verdade que se prepara para os Jogos Olímpicos, que já são bastante famosos, que lhe foi proposta para caminhar, posar para calendários ... mas se sente quase presa por aquela vida de treino e corrida.

Gostaria de ter mais satisfação.

O nascimento do super-herói

Num domingo como qualquer outro, depois de passar um sábado em uma discoteca com amigos e uma noite maravilhosa de amor com um garoto que conheceu naquela mesma noite, ela assiste televisão e se intriga com uma série em que três lindas garotas se vestem de um terno justo e ... eles roubam.

Monica não tem problemas financeiros, embora não navegue no ouro, mas seu desejo de experimentar novas emoções prevalece.

Uma noite, ela veste um maiô cinza escuro apertado.

Você o usa sem nada por baixo.

Prepare também uma cobertura facial, que também seja justa.

Sua primeira "missão" é explorar a cidade.

Como fazer sem ser visto?

Suas habilidades atléticas vêm em seu auxílio ... e também seu eixo.

Da janela da residência, às 2 da manhã, ela desce silenciosamente sem ser descoberta, ajudada também pela cor do terno.

Embora não possa ser visto bem assim, decide cruzar as áreas menos movimentadas.

Os telhados são os locais mais fáceis de manter tudo sob controle.

Monica está satisfeita consigo mesma: a ideia de pular de teto em teto com a ajuda de um poste, além de permitir que ela tenha a situação sob controle, permite que ela treine ainda mais (como se precisasse).

Depois da primeira noite de patrulha, mais pessoas vêm, mas até agora parece mais um jogo.

Uma noite, ele percebe que um grupo de criminosos está invadindo um supermercado.

O bom senso diz para você alertar as autoridades ... mas sua coragem prevalece.

Com um salto prodigioso ele cai no telhado do supermercado.

Ele se esgueira por uma janela para observar quatro homens com máscaras de esqui e caixas vazias.

Ela não sabe por que entrou lá, o que ela pode fazer agora? Talvez apenas curiosidade ou desejo de se testar.

Seus movimentos são auxiliados pelo fato de as luzes estarem apagadas e os criminosos não perceberem sua presença. Mas acontece algo inesperado: aquele que parece ser o patrão fala algo para o companheiro, que vai até o painel acendendo todas as luzes: obviamente percebeu sua presença.

Com o coração na garganta, Monica se agacha atrás do balcão refrigerado, tentando ganhar rapidamente a saída.

Um dos quatro vê!

"Ei, pare ..."

Monica tenta fugir do homem e está conseguindo, sendo muito rápida; Ela decide voltar para a janela por onde entrou, já colocou vários metros entre ela e o homem, quando dobrando uma esquina encontra o patrão e outro, ambos com uma arma apontada para ela.

"Final do jogo"

Agora são quatro ao seu redor e Monica se amaldiçoa por sua imprudência e estupidez.

"Agora me diga quem você é e o que está fazendo aqui, enquanto isso, com as mãos na cabeça"

Agora que Monica está com as mãos acima da cabeça, o macacão apertado destaca suas formas sinuosas, seus seios roliços e firmes, suas nádegas esculpidas, seus braços musculosos, o fato de ter medo, mais do que o cansaço de correr, a faz respirando rápido e com falta de ar. Sinta os olhos dos valentões nela.

"Você é mulher, hein? Interessante, agora enquanto estou apontando essa arma para você, tire essa fantasia fofa, comece pelo seu rosto, quero ver você na cara"

Monica não sabe o que fazer ... os ladrões têm máscaras de esqui, as câmeras não são problema para eles, mas ela ... seu rosto reconhecido, sua foto nos jornais, sua carreira arruinada, o ridículo das pessoas ... é petrificado e incapaz de pensar com clareza.

"Bem, neste ponto ... vocês dois, segurem-na com força."

Os dois se aproximam dela e pegam seus braços, mantendo-os firmemente atrás das costas; ela teme o pior.

"Chefe, ela é um pouco mais alta do que nós, e olhe para os braços dela ... não seria melhor amarrá-la?"

"Chega, lembre-se que somos quatro e que ela é apenas uma mulher, covarde"

O chefe se aproxima com a pistola apontada e gesticula para retirar a máscara.

Monica, neste momento, seguindo seu instinto, estende um joelho forte em direção às partes inferiores do homem, arremessa com força os dois que a seguravam contra a parede, arrancando-os dela como dois gravetos. Em seguida, ele agarra a cabeça dolorida do chefe e a joga contra a parede em direção à sala que estava apontando a arma para ele.

Com um salto ele vai sobre os dois, pega nas armas e empurra, começando a acertar e chutar os dois infelizes, fazendo-os desmaiar.

Os dois restantes, os que seguram seus braços, se jogam contra ela com duas barras de ferro. O primeiro é neutralizado com um chute no nariz, mas o segundo consegue acertar Mônica no abdômen; incrédulo, ele vê que a garota sente o golpe e desmaia por um momento, mas em um segundo ela se levanta e o desarma. Agora ele é o único que não está inconsciente, mas está apavorado: quem poderia se levantar depois de tal golpe?

Monica o agarra pelo pescoço e o joga contra a parede. Ela mesma é fascinada por sua força e poder. Ela se lembra da situação, a sensação de estar de costas para a parede, com quatro homens contra ela, dois dos quais armados, seus olhares gananciosos para seu terno cinza, a consciência de ser vitoriosa, eles a excitam novamente ... a mesma emoção isso a havia incomodado alguns anos atrás. A coisa a incomoda, ela aperta forte o pescoço da vítima ...

Sirenes interrompem tudo.

Monica percebe o perigo de ser descoberta e foge rapidamente.

"Espere ... mas quem é, aquela coisa vestida de cinza, parecia uma mulher ... galera, venha cá, tem quatro ladrões inconscientes no chão, olha só."

Monica é muito rápida, a adrenalina ajuda ela.

Chegou ao teto, use o mastro para pular de um para o outro, o som das sirenes diminui.

Ao chegar a uma área escassamente povoada, ele desce dos telhados e começa a correr em uma velocidade vertiginosa, com a vara na mão, em direção à residência.

Milagrosamente ela não é descoberta e cai em seu quarto com grande alívio.

Ela está um pouco chocada, mas está bem.

Mas o que acontece com ela?

Ele quer entender.

Ela vai até o espelho, tira a máscara, ela ainda está disfarçada.

Ele também tira o terno cinza e olha seu corpo nu; ela está suada de tanto correr. Suas memórias voam para sua primeira "patrulha", depois para o encontro com os ladrões, as armas apontadas para ela, sua reação devastadora ... e alguns anos atrás novamente ... aquela garota malvada que a imobiliza e tortura. E veja aquele que é liberado à força ... aquele que segura a cabeça da garota embaixo d'água, aquele que bate no "voyeur" Robert.

Observa-se enquanto sua mão vai se acariciar, rola no chão, aperta os seios com força ... e atinge um prazer nunca antes experimentado.

Ela esta chateada.

Nem feliz.

Mas gostava de passear pela cidade à noite ...

No dia seguinte ao noticiário e aos jornais falarem da história, um vídeo em que, vestida de cinza, ela se joga sobre os bandidos e foge, é veiculado repetidamente em várias emissoras e na internet.

"Os ladrões, quando questionados, revelam como esse 'fantasma cinza' surgiu do nada e como sua força extraordinária permitiu que ele os derrubasse ... agora as pessoas já estão torcendo por uma super-heroína improvável" 'Fantastic Girl', é o nome mais popular ... quem é? Porque ele faz isto? Como pode ser tão forte? Todas as perguntas que, no momento, não têm resposta ... "

Lendo o artigo, Monica sorri, sabendo que eles não podem rastreá-lo até ela.

Fantastic Girl gosta de ...

Claro que a polícia vai procurar por ela, ela ainda é uma pessoa que não respeita as leis, que desce as vitrines dos supermercados à noite e faz justiça sozinha ...

Ele decide esperar algumas semanas antes de "sair" novamente.

Dezembro de 2018 - The Capture

Já se passaram alguns meses desde que a Fantastic Girl nasceu.

Monica está surpresa que um comitê externo no campus reuniu uma série de meninas de 16 a 35 anos, de grande força física, mais ou menos da mesma altura e tez.

O encontro é no campo de atletismo, onde é feita uma fila de raparigas para que uma a uma entrem e se sentem numa sala, troquem algumas palavras com uma senhora e saiam imediatamente a seguir.

Monica fica perplexa, mas entra silenciosamente na sala.

Uma mulher na casa dos cinquenta está sentada na cadeira com um celular estranho na mesa (ela nunca tinha visto aquele modelo antes).

Agora ele reconhece a mulher, já que presenciou seu interrogatório para o episódio com Sonia.

Depois de observar Monica da cabeça aos pés com um olhar estranho, ele pergunta a ela informações, nome, endereço, idade, etc. ...

A última pergunta a pega de surpresa:

"Você conhece Fantastic Girl?"

Monica fica incrédula, que tipo de pergunta é essa?

Depois de um momento de indecisão:

"Bem, sim, eu sei que ela é algum tipo de super-heroína que ultimamente 'observa' a cidade ..."

A senhora a interrompe.

"Bem, sim, na verdade ela é útil para a comunidade, mesmo que ainda seja uma fora da lei; por isso a polícia gostaria de interrogá-la, mas ela não parece muito disposta a ser presa; é uma pena, a polícia gostaria de colaborar com ela ..."

"Eu entendo, mas por que você veio aqui?"

"Bem, é simples, os poucos dados que temos sobre Fantastic Girl é que ela é uma mulher, que ela é forte, alta, atlética e atua nessa região ... digamos que estamos coletando dados sobre heroínas em potencial, nada com que se preocupar. .. "

A senhora olha para o celular.

"Você é a Fantastic Girl?"

Monica dá um sorriso falso.

"Mas não vamos brincar, claro que não!"

A senhora olha para o celular.

"Tudo bem Monica, você pode ir."

Monica está preocupada, embora eles não tenham evidências para localizá-la.

Nos últimos meses, ela sempre foi cautelosa.

As suas patrulhas eram muito discretas, só quando se deparava com algo grave, como assaltos, roubos, violência, era que intervinha de forma rápida e letal: não se lembra quantos ladrões, estupradores e ladrões tinha nocauteado com relativa facilidade.

Várias vezes ela correu para a polícia, cujo objetivo era, no entanto, prendê-la, mas ela fugiu rapidamente.

Em todo caso, os policiais a perseguiram como forma de falar, mais por dever; afinal, um como aquele na cidade era conveniente para eles. Por esse motivo, parece ainda mais estranho que alguma "comissão externa" se dê ao trabalho de entender quem é Fantastic Girl.

E então aquela senhora parecia muito, muito segura de si mesma.

Bem, em qualquer caso ela nunca teria desistido daquela vida: havia muita satisfação, muita adrenalina cada vez que ela vestia aquela fantasia.

Nos últimos meses tem intensificado notavelmente o seu treino, melhorando ainda mais (como se necessário) a sua força e, sobretudo, a sua elasticidade.

Ele não sabia que seu corpo poderia ir tão longe, ele havia descoberto mais potencial escondido, músculos desenvolvidos em áreas que ele nunca imaginou.

E quando descia silenciosamente dos telhados das casas para surpreender criminosos e nocauteá-los, ainda que a prudência sugerisse o contrário, ela sempre preferia ser descoberta, do que mostrar sua força e nocautear quatro ou cinco ao mesmo tempo. O espanto dos infelizes, seu medo e a consciência de seu poder causavam-lhe estranhas sensações, semelhantes às que odiava quando estava com Sonia ou Robert.

Esta noite foi como qualquer outra.

Ladrões em um shopping center.

Não há sombra de patrulha policial.

É o momento deles.

Ele entra e, no escuro, vê sete homens armados.

Desta vez será difícil, mas ele já derrubou mais deles com sua extraordinária força e agilidade.

E assim acontece.

Aparecendo do nada, ele pega os sete homens desprevenidos e os nocauteia com facilidade.

Mas ele não tinha visto o oitavo, que tinha visto a cena de cima.

Um dardo se cravou em seu braço; ninguém nunca tinha batido nela. Depois de dois segundos, você já está inconsciente.

Naquela noite os policiais parecem não dar crédito por terem "pegado" Fantastic Girl, tanto que já estão discutindo a possibilidade de não revelar que ela já estava inconsciente no chão para levar o crédito e ir como heróis.

Em todo caso, eles a algemam e a levam para a cela, esperando ser interrogada no dia seguinte.

Monica acorda em sua cela, algemada, disfarçada e ... sem máscara.

Ela está furiosa, mas consigo mesma. Muito confiante e leve na atuação, muito confiante em suas qualidades ginásticas.

Agora sua identidade será revelada para a imprensa e, infelizmente, muitas coisas mudarão para ela.

Eu podia ouvir os guardas discutindo.

"Depois que as fotos de Fantastic Girl forem publicadas, a imprensa vai divulgar a história de como a capturamos; já liguei para um amigo jornalista, as fotos estão no arquivo. Tenho um pouco de pena dela; mas entretanto depois de quê o que ela fez pela cidade, nenhum juiz terá coragem de condená-la, nem mesmo de pagar multa. Só que agora todos sabem quem ela é. Monica G. é Fantastic Girl, quem diria? Claro, agora explicamos força física ...

Ei, pare, quem é você? Ninguém pode entrar aqui ... "

Um baque. Um golpe. Outro baque.

Sete homens em ternos azuis entram armados e abrem a cela, apontando armas estranhas para ela. Um dardo a atinge e ela desmaia.

No dia seguinte nos jornais:

"SENSACIONAL: Fantastic Girl acaba se revelando a promessa do atletismo mundial Monica G., considerada por todos quase uma alienígena por seus dons atléticos, inclusive por sua beleza. Mas no dia da captura ela consegue escapar de alguma forma, talvez com a ajuda de cúmplices. O fato é que ela neutralizou dois guardas e fugiu. Ninguém a encontrou, ela não apareceu para treinamento. A polícia já deu o alerta de fronteira. A verdade é que antes ela era uma heroína amada por todos, depois de matar dois policiais são culpados de assassinato ..."

QUARTA PARTE
ROBERT E SONIA

57

2018 - Carreira, cumplicidade

Quem nunca fantasiou ser um agente da CIA?

No imaginário coletivo, são eles os decisivos para eventos de vital importância, como terrorismo, tentativas de atentado, etc.

No cinema, por exemplo, você nem precisa falar mais sobre isso.

Agentes, homens ou mulheres preparados para tudo, mais dotados física e intelectualmente do que outros, moralmente inflexíveis e leais à sua pátria.

Infelizmente (ou felizmente, dependendo do seu ponto de vista) as coisas são muito diferentes no mundo real.

O "grupo", em primeiro lugar, não tem nome e não é conhecido pelas pessoas comuns.

Claro, a CIA existe, faz muitas das atividades que você vê nos filmes.

Mas quem realmente controla tudo não pode estar lá para todos verem.

E quem trabalha lá é tudo menos moralmente incorruptível; na verdade, o oposto é procurado.

Mas vamos dar alguns passos para trás.

2017 - Recrutamento

Sônia não está deprimida, ela está "esperando", esperando uma situação favorável.

Depois da besteira com Monica, as pessoas, ao contrário do famoso atleta da cidade, a evitam.

Não passa um dia sem xingar aquela maldita quinta-feira em que decidiu convidar Mônica.

Claro, naquele dia ele também experimentou a maior emoção de sua vida ...

Dada a discriminação que sofreu, ela também teve que lutar para encontrar trabalho; por isso está maravilhada com a entrevista concedida em uma sala de conferências do melhor hotel da cidade; ele não sabe o que é nem o nome da empresa.

"Bom dia Sonia"

"Olá".

Uma mulher na casa dos cinquenta a cumprimenta com confiança, com um brilho estranho em seus olhos.

"Qual é a sensação de ser considerada uma lésbica perversa e sádica pelos cidadãos?"

"Eu ... eu não ..."

"Ah, Sônia, não adianta negar. Olha, eu estava presente na hora da denúncia, quando soube da natureza da denúncia corri para esta cidade e assisti ao seu interrogatório. Olha, você foi muito esperta em negar e inventar isso história. que VOCÊ rejeitou a Monica e ela bateu em você. Mas eu tinha isso ... "

Um objeto semelhante a um telefone celular.

"Veja, este objeto indica sem possibilidade de erro se uma pessoa está mentindo ou não ... e Monica não estava mentindo, eu garanto"

Sonia estava com raiva.

"Olha, não sei o que ele quer de mim, essas lamentáveis decepções me deixam indiferente; sua história nem se sustenta; se fosse como ele diz, teria que intervir e me prender após interrogatório, em vez de abandonar o assunto por falta de provas "

"E por que eu teria que fazer isso?"

"Mas ... desculpe, não é da polícia? O que você quer de mim?"

"Fique à vontade, garota, agora vou te dizer quem eu sou e o que eu quero; estou muito interessado no seu conhecimento de genética, aliás ... ah, me fale sobre você"

Em cerca de trinta minutos, ele esclarece tudo.

O grupo controla o destino do mundo. Ele faz isso com uma mão invisível. Os fundos e instalações que possui são secretos. Como as tecnologias avançadas que possuem, incluindo o "telefone da verdade" visto acima. Além de agentes espalhados pelo mundo, possui um centro de pesquisas dividido em vários departamentos: engenharia, física, genética.

O Centro de Biologia / Genética lida com experimentos humanos de vários tipos. Graças à arriscada miscigenação, à cirurgia, ao eletrochoque, o grupo conseguiu criar o soldado perfeito, do ser humano: são homens e mulheres perfeitamente saudáveis que cresceram desde que nasceram no laboratório, mas com uma característica fundamental: a obediência cego para superior; desprovido de vontades e desejos diferentes para servir ao grupo.

No centro existem inúmeros estudos, sempre experimentando, sobre fadiga, resistência à dor, instinto sexual. Esses experimentos são realizados, apenas para fins cognitivos e dependendo de desenvolvimentos futuros, em pessoas pobres infelizes.

As cobaias são cuidadosamente selecionadas: humanos de ambos os sexos, em idade legal, saudáveis e robustos na medida do possível para resistir a vários "tratamentos". Principalmente atletas, soldados, espécimes fisicamente fortes, até mesmo prisioneiros ou prostitutas são escolhidos. Os sortudos são usados para reprodução e forçados a acasalar com outros "recrutas" repetidamente. Outros são usados para testes de fadiga. O mais azarado para testes de limiar de dor. Alguns espécimes particularmente atraentes são "apreendidos" pela administração e usados para o prazer da equipe.

Soldados perfeitamente criados são usados para "recrutamento", soldados infalíveis que conseguem realizar sequestros com maestria. Os sujeitos são escolhidos entre os escalões superiores da organização, da qual a misteriosa mulher faz parte.

Os diretores do centro estão envelhecendo e lutando para acompanhar a tecnologia. É necessária uma renovação.

O manejo selecionou Sonia por duas características essenciais: conhecimento biológico-genético e sua falta de humanidade.

"Querida Sônia, sei que agora tudo parece irreal para você. Saiba que se você for um de nós vai dedicar sua vida a nós. Não vai precisar do salário porque vai morar na estrutura. Mas a melhor recompensa será, para você, um espaço totalmente equipado para o seu experimentos, com tantas cobaias humanas e modificadas ao seu comando. Sei que você gosta disso, não se envergonhe. Nós o espiamos enquanto você fazia seus "jogos" com os animais. Venha aqui amanhã à mesma hora, se for um de nós. Se não te vermos, significa que não te interessas e vamos apagar a tua memória deste encontro ... sim, claro que podemos. Se vier connosco vai desaparecer e pelos teus conhecidos já não existirá. A última coisa: não queremos ter o mundo nas nossas mãos Queremos apenas verificar se ninguém tem poder absoluto. Isso requer sacrifícios,até mesmo vidas inocentes.

Até logo, ou melhor, até breve, Sônia.

Ah, sou o membro 231, pergunte por mim "

Sonia tem uma noite sem dormir. Já decidiu aceitar, mas quer curtir o "não adeus" aos pais, aos conhecidos, pensando no quão pouco se importa com todos eles; seu único arrependimento: será que ele vai colocar as mãos na Monica de novo? Quem sabe?

Em qualquer caso, desaparecerá sem ruído ...

No dia seguinte ele chega à consulta com uma mochila cheia dessas poucas coisas úteis para uma mulher.

"Esperava vê-la de novo, Sônia. Se você tiver roupa na mochila digo que não será necessário, você encontrará tudo que precisa em nossos escritórios"

"OK"

"Confie em mim, se você se comportar será recompensado com juros ..."

Sônia não entende o significado da frase, mas pega, sem hesitar, um helicóptero.

A sede do centro de pesquisas parece estar no meio do mar.

Sonia quase enlouquece quando o helicóptero desce em mar aberto.

De repente, após uma comunicação de rádio do piloto, uma ilha é revelada a seus olhos.

Sonia está sem palavras.

"Dispositivos de camuflagem, Sonia. A ilha também pode ser fechada e submersa por precaução quando a rota é cruzada por um navio, mas já aconteceu uma vez nos últimos trinta e oito anos ..."

Uma ilha de sonhos do tamanho de uma metrópole.

Muita vegetação e espaços verdes.

Uma estrutura imponente pode ser vista, para onde o helicóptero está se dirigindo.

Conforme você se aproxima, pessoas em uniformes azuis podem ser vistas apontando armas estranhas para homens e mulheres seminus correndo por uma estrada cercada em alta velocidade.

"Veja, os azuis são humanos geneticamente modificados; eles já receberam aprovação categórica para obedecer incondicionalmente. No momento, as cobaias estão fazendo um teste de resistência aos medicamentos para ver os efeitos de longo prazo da substância; aqui, em vez disso, há as residências para a administração, das quais você fará parte a partir de hoje; há apenas seis pessoas para administrar e administrar o centro, o resto são humanos modificados ou cobaias. Dou as ordens aos seis, Eu reviso o progresso da investigação e informo meus superiores."

Sonia conhece os outros seis membros: George e Rachel, em vias de se aposentar, responsáveis, respectivamente, pelas partes eletrônicas / informáticas e biológicas / genéticas (das quais Sonia cuidará). Os demais integrantes são responsáveis pela logística, finanças e suprimentos.

"Sonia, você vai trabalhar ao lado de Rachel por um mês, depois do qual ela vai curtir sua merecida aposentadoria e você ... sua merecida missão."

Sorriso.

Você já tem um pouco de prática.

No primeiro dia após a "contratação", Sônia se familiariza com os procedimentos e equipamentos. Rachel meio que a lembra de si mesma na maneira como lida com cobaias, fria com um sorriso diabólico.

O espanta como todas as suas fantasias diabólicas são uma realidade simples naquele lugar.

Assista fascinado uma mulher negra acorrentada a um mecanismo giratório, completamente nua ao sol.

As amarras são puxadas para que a cobaia fique em tensão. A operação é concluída por humanos modificados; neste ponto, Rachel intervém.

"Após a operação, como ficará reduzido ao estado semifortal, será utilizado para alguns outros testes. Pena, queria ter feito sem o tratamento, mas é o procedimento. Gostaria de ver como ele reagiu em todas as suas faculdades, tem um caráter rebelde, de que gosto muito. Mas você tem que ser paciente.

O mar está cheio de peixes ...

Ele havia sido selecionado para o teste que estamos realizando nesta cobaia preta. Carla, é o nome dela, uma atleta cubana de 21 anos que corre 100m, 200m e também pratica salto em distância, uma atleta com grande potencial, como se vê em seu corpo. Embora ela ainda não tenha tido a chance de ser famosa, aparentemente "

Sônia observa e escuta com atenção mórbida a natureza do teste.

A cobaia foi imobilizada ao sol, amarrada a este dispositivo que funciona como "cuspe". Sua frequência cardíaca foi monitorada com eletrodos que Rachel aplicou em diferentes áreas e sua temperatura com sondas colocadas em sua vagina e ânus.

Desta forma, você pode ver como a cobaia reage à exposição ao sol.

O teste é realizado em homens e mulheres de diferentes raças e idades para obter dados estatísticos.

Rachel admira o corpo de Nadia: alto, esguio, musculoso, sem traços de gordura e, apesar de tudo, seios bem grandes. Suas mãos e pés estavam amarrados em forma de X; a tensão das cordas fez seus músculos se destacarem.

Claro que as feições dela não eram bonitas, não eram muito femininas e, enfim, mesmo como físico ela não se comparava à Monica ... ahhh Monica, que lembranças, quem sabe onde ela está agora?

Sonia para de pensar em Monica e observa Rachel aplicar os eletrodos e sondas friamente.

Estão prestes a sair, mas Sônia fica mais alguns minutos para observar a fêmea nua e amarrada ao sol, e o funcionamento do mecanismo que a faz girar lentamente.

Quando as primeiras gotas de suor se formam, ele passa um dedo sob as axilas, como se quisesse fazer cócegas em Carla, que pisca, um desejo instintivo de se libertar. A coisa o diverte, então ele repete o ato, tocando-o sob os pés, no abdômen, no peito. Foi interessante como o abdômen se destacou, embora ela fosse "apertada".

Rachel sorri.

"Venha, Sônia, temos que terminar as provas de hoje, você vai ter tempo de se divertir depois do trabalho"

Bem, ela teria demorado mais, não estaria com tanta "pressa".

Na verdade, ela percebeu que Rachel não passava muito tempo com as meninas. Ele preferia ficar com os machos, tocava muito neles, sem vergonha nenhuma, afinal eram cobaias.

O dia continuou com regularidade, Rachel explicando o trabalho para ela cada vez mais.

À noite, as cobaias são levadas para celas separadas e alimentadas.

A gerência retira-se para a residência, equipada com todas as comodidades.

O jantar servido por humanos modificados é delicioso.

Sonia se encaixa no grupo facilmente.

O membro 231 brinda ao recém-chegado.

"Agora é hora de ir para os nossos anexos. Bem, todos se divirtam como quiserem ..."

Uma risada travessa, dirigida a Sonia.

Rachel acompanha Sonia até os quartos.

"O que aquela risada significava sobre diversão? Eu não entendo ..."

"Venha, Sonia, agora vou explicar para você."

Ele a leva para uma ala privada da sala de detenção.

"Aqui estão as cobaias que escolhemos para nosso 'entretenimento'; é claro que são os espécimes mais atraentes. Podemos fazer o que quisermos com eles, fazer sexo, torturá-los ou apenas mantê-los acorrentados na sala para admirá-los ".

Sonia observa cerca de vinte células.

O logístico, um homem na casa dos quarenta, gordo, careca, vai para a cela de uma mulata. Com um aceno de cabeça para um homem humano modificado, ele entra na cela, armado.

"Hoje é a sua vez, amigo; tire completamente a roupa"

A cobaia, com terror nos olhos, fica nua. É uma jovem mulata, de dois lindos olhos verdes. Seu físico é imponente, quase dois metros de altura, pernas estreitas e musculosas, seios firmes e naturais, um corpo fabuloso.

Sonia se vira para Rachel.

"Quem?"

"Uma dançarina de vinte e dois anos. Nós a escolhemos porque ela morava em uma cidade pequena e era muito fácil pegá-la; além disso, ela é linda e fisicamente talentosa, claro. Esta noite é a vez dela aturar Paul: ele é um sádico, ele gosta de o chicote. É muito bom em causar dor sem deixar danos permanentes. Em qualquer caso, as cobaias por ele "usadas" devem descansar alguns dias antes de serem reutilizadas. Observe ... "

Um dispositivo retangular que funciona com pequenas rodas é introduzido na célula; a vítima foi amarrada em forma de X pelas mãos e pés. Ela chora. Obviamente ela sabe o que esperar.

Paul entra lentamente examina sua presa, beija-a, toca-a, cheira-a.

"Cheira um pouco, o que você o fez fazer hoje?"

"Dez milhas nadando pela manhã e cinquenta milhas correndo à tarde."

"Acertadamente"

Ele pega um hidrante e o direciona para a cobaia. Um jato de água fria a atinge com violência. Então Paul ensaboa-a profundamente, insistindo nos seios e nas partes íntimas, enquanto ela tenta em vão se libertar, olhando o homenzinho com desprezo e terror.

Quando tudo acaba, ele a enxagua e ordena que os humanos modificados carreguem o carrinho com a dançarina amarrada para o quarto dela.

Rachel vai para a ala masculina.

Ele para na frente da cela de um garoto loiro musculoso. Este é um "parceiro" sueco, que teve a infelicidade de ter Rachel como cliente, que, achando-o particularmente atraente, convenceu o Membro 231 a "recrutá-lo".

O procedimento é semelhante, embora ele esteja acorrentado com a cueca ainda vestida.

Rachel convida Sônia para participar.

O menino é alto e musculoso. As duas mulheres olham para ele como um animal. Naquele dia, ele passou por um tratamento intensivo de eletroestimulação em todo o corpo.

Sonia se move atrás dele e passa suas unhas afiadas em suas costas, causando explosões instintivas no menino. Ele gosta de ver os músculos se contraírem com seu toque. Ele está reavaliando a possibilidade de torturar homens, mas ainda prefere as mulheres.

Rachel se junta a Sonia, e com mãos experientes eles começam a provocá-lo e mordiscá-lo de todos os lados.

O menino ainda está suado do cansaço da tarde, mas Rachel prefere não lavá-lo; ele gosta deles quando estão um pouco suados.

Quando as duas mulheres param na frente dele e Rachel começa a lambê-lo no peito, Sonia percebe um inchaço inconfundível na cueca do menino.

Rachel não é uma mulher bonita, na casa dos cinquenta anos, mas a forma elegante como se veste e suas habilidades de manipulação deixam o garanhão sueco animado. Sonia, tomada como em êxtase, excitada, mas ao mesmo tempo indignada, dá-lhe uma bofetada violenta e o agarra pelos cabelos.

"Como você ousa, seu animal imundo, ter uma ereção? Você não aprendeu boas maneiras. É assim que se trata uma senhora? Agora vou bater em você até que a vontade passe ..."

Rachel a interrompe.

"Ei, pega leve; este é o MEU brinquedo, não se esqueça; agora vou mandá-lo para o meu quarto ..."

"Mas ... mas ... ok, desculpe; é que fiquei com a impressão de que ele estava se divertindo muito e por isso ..."

"Olha Sonia, nem todo mundo é tão sádico. Gosto de provocá-los, torturá-los um pouco. Muitas vezes gosto de excitá-los, masturbá-los até o orgasmo e depois me interromper imediatamente. Você deveria ver como eles imploram, acho que para eles é um das maiores humilhações. Mas às vezes eu os faço vir. Com quem vale a pena ... bom aqui ... eu também tenho relacionamentos. Agora não se ofenda, mas vou me retirar para o meu quarto com ele. Você pode escolher quem quiser, aqui as únicas regras obrigatórias são: NUNCA desamarre, não os danifique permanentemente, não os mate.

Ei, leve o sueco para o meu quarto.

Venha Sônia quero ver o que você escolhe "

Sonia caminha pelo corredor vendo muitos espécimes machos de várias raças, todos muito altos e atraentes.

Mas seu foco está na ala feminina.

"Hmm ... eu deveria ter entendido que ele preferia mulheres" Rachel pensou sorrindo.

Havia muitas garotas e muito atraentes; uma com cabelos e olhos escuros e corpo de modelo vagamente lembra a ele de Monica, embora ela fosse mais vital, mais forte e mais bonita; uma beleza tristemente inatingível, para grande pesar de Sonia.

Então, algo vem à mente.

"Rachel, onde está o nadador norueguês?"

"Bem, ela está em tratamento agora, você não pode levá-la para o quarto ..."

"Não, aqui ... eu só gostaria de vê-la"

"OK"

Eles caminham alguns andares abaixo do solo e chegam a uma sala controlada por uma dúzia de guardas.

A porta se abre.

O norueguês é imobilizado em uma cama em formato de X, com alças nos tornozelos, coxas, cintura, pescoço, testa, bíceps e pulsos.

Ele tem um macacão branco. Vários fios saem do traje em diferentes partes do corpo.

"Olha, esse tratamento visa fazê-la sofrer por muito tempo, mas sem causar danos físicos; para isso monitoram-se os batimentos cardíacos e a temperatura; se os valores ficam críticos, a tortura elétrica cessa, deixando-a em repouso; câmera filmando tudo, parte do vídeo será transmitido para as cobaias como um alerta.

A esta altura, pelo que vejo no computador, a cobaia acaba de suportar um ciclo contínuo de 47 minutos, como se pode verificar pelas suas respirações pesadas; em meia hora devo começar de novo "

"Aqui ... Rachel, eu gostaria de ficar aqui e te observar um pouco; não vou fazer nada, vou ver como o computador lida com choques elétricos"

"Bem, Sonia, cada um tem seus gostos, é seu direito"

"Eu gostaria de te perguntar uma coisa ..."

"Conte-me"

"Aqui, eu gostaria de despi-la ... posso?"

"Ah, eu deveria ter adivinhado, que desleixado; vamos apenas dizer que o terno que ela está usando não tem função específica. Ela não tira porque o propósito deste tratamento é punitivo, não para nosso prazer. Ok, você pode agir como quiser; humanos modificados estão à sua disposição, lembre-se de deixá-los fazer as operações de imobilização, dito que você pode brincar com a cobaia como você pensa, o tratamento é automático. O que posso dizer, boa noite, tenho um sueco seminu e excitado me esperando e esta noite sinto inspirado, mmm ... eu poderia colocá-lo na máquina de cócegas ... um dia eu mostro para você, Sônia. Te vejo pela manhã. "

Sonia nem mesmo vê Rachel sair, ela está olhando morbidamente para o norueguês por alguns minutos.

Agora ele está sozinho com ela; os guardas estão à sua disposição fora do portão.

Você quer aproveitar esses momentos lentamente.

"Eu nem sei o seu nome vadia; Rachel está certa em sentir pena de você. Seu olhar zangado denota um temperamento que não desiste. E com certeza você é forte o suficiente para quebrar algemas de aço, mesmo que elas estejam com defeito, e nocautear vários humanos modificados armados; mesmo estando vestido como agora, posso ver que você é magro e forte; mas vamos consertar imediatamente, vou começar a tirar a sua blusa ... "

O tratamento começou há menos de um dia, então a menina ainda está em plena capacidade.

Ela tem um rosto alegre com sardas, olhos azuis e uma bela cor nas bochechas.

Quatro guardas entram e dizem a Sonia para se afastar, por segurança.

"Apenas tire a tampa por enquanto, obrigado ..."

Os guardas, com os devidos cuidados, abrem o zíper do traje e retiram a alça em volta da cintura, levantando o traje acima do peito; a menina ainda tem uma camiseta branca; não importa, o prazer vai durar. Eles prendem o cinto firmemente em volta da cintura.

Agora é a vez das alças de bíceps, levantam o macacão até os pulsos, deixando os braços descobertos; Como seus bíceps agora estão livres, ele se torce fortemente; Apesar de ainda estarem totalmente imobilizados, os quatro guardas lutam para recolocar as tiras desta vez na pele nua.

A operação análoga nos pulsos é realizada, por segurança, separadamente entre a direita e a esquerda.

Sonia agora entende por que os cuidados nunca são excessivos.

"Eles nos deixaram ..."

Examine a cobaia novamente.

No terno, ele não sabia como seus braços eram musculosos e tonificados.

Nada a ver com Monica, mas ela estava se aproximando; A peculiaridade de Monica é que ela era esplêndida em tudo. Ainda era lindo, mas ligeiramente desproporcional a outras partes do corpo, como o abdômen, que, embora macio e musculoso, não era comparável à massa dos braços. Encontrar uma única falha em Monica era difícil, mas não impossível.

A menina, com uma pele muito clara, está banhada de suor, seu peito sobe e desce rapidamente em antecipação ao tratamento imediato.

Uma tira conectada a várias bolhas foi presa a sua boca, impedindo-o de falar; provavelmente era a forma de alimentá-la, já que o tratamento durou pelo menos uma semana. Eletrodos nos pulsos.

Há fios saindo da parte superior do tanque no peito; você pode ver uma fita que envolve o peito, cobrindo os mamilos.

Sonia começa a acariciar a cobaia no rosto, no peito, no abdômen, sentindo a firmeza do bíceps. Você decide tirar a blusa enquanto ela está amarrada. Ela o puxa para fora da calça de moletom, enfia-o sob o cinto com dificuldade, expondo seus maravilhosos seios latejantes. Eletrodos foram colocados no peito para controlar os batimentos cardíacos e induzir choques elétricos.

Ele sente o cheiro, está suando.

"Você tem um corpinho muito bonito, sabe, vadia?"

Ele a lambe no umbigo.

"Você é salgado ... eu gosto de você"

A cobaia tem um impulso rebelde: não só terá que sofrer indizivelmente por uma semana, mas agora também deverá sofrer as depravações daquela lésbica?

Ele solta um grunhido misto de raiva e frustração e puxa as alças.

Ele olha para Sonia com ódio e desafio.

"Vejo que você ainda tem muita força. Guardas! Suas calças; tire-as completamente."

Os guardas são agora seis, as operações são realizadas lenta e cuidadosamente, usando correias adicionais.

Operação concluída.

Sonia entende porque os seis guardas: as pernas têm uma massa muscular impressionante.

Na região anal e vaginal são inseridos tubos e fixados estrategicamente para que a cobaia desempenhe funções fisiológicas durante o tratamento.

Outros eletrodos aplicados nos tornozelos.

"Guarda, vejo que a cama tem um mecanismo, posso abrir mais as suas pernas?"

"Claro"

A guarda atua sobre engrenagens que estendem as pernas da cobaia quase perpendiculares ao tronco.

A elasticidade da menina impressiona.

Sonia, parada entre as pernas da cobaia, com as mãos apoiadas suavemente nas coxas nuas, encara sua presa. Ela acaricia as pernas enquanto elas se contraem instintivamente em uma tentativa de escapar e olha em seus olhos.

"Você ainda está pensando em me desafiar?"

Diz Sônia, se abaixando para beijar seu umbigo e abdômen em vários lugares.

Com uma lentidão arrepiante, ele deixa aquela posição tentadora para se mover atrás dela, sempre mantendo um dedo em contato com seu corpo e deslizando-o de forma sensual.

A cobaia fica furiosa e tenta falar alguma coisa através da mordaça em uma língua desconhecida de Sônia.

Agora Sônia está atrás dela e, colocando as mãos no bíceps da cobaia, começa a beijar sensualmente sua testa, bochechas, pescoço e orelhas.

Ao mesmo tempo, ele desliza as mãos sobre as axilas, os seios, massageando avidamente e testando sua firmeza.

A cobaia reclama em protesto tentando dizer algo.

Sônia volta para o lado dela e a olha sorrindo.

"Ei, o que você tem a dizer? Eu não falo a sua língua. Quer saber? Eu geralmente sou mais sádico, menos doce, mas ... o fato de eu te chupar, sinto muito, te torna instintivamente rebelde aos meus toques e isso me faz gosto tanto ... "

e novamente passa as mãos sobre o abdômen e os seios.

De repente, o computador emite um som estranho, semelhante a um alarme.

Os olhos da cobaia agora estão cheios de terror e eles procuram Sonia em busca de ajuda desesperada. A partir desses detalhes, Sônia entende que o tratamento está recomeçando.

Inicialmente, ele emite um grito de rara intensidade, mas congela na garganta após um segundo. A intensidade da tortura é tal que a cobaia não consegue emitir nenhum som.

Sonia observa o animal com interesse. A tortura permanece constante por alguns segundos em todo o corpo, e depois se alterna com intensidade variável, em algumas áreas, para permitir um tempo de recuperação fisiológica e não reduzir muito a sensibilidade à dor.

Quando as pernas são estimuladas, Sonia mal consegue sentir um tique visual, uma contração permanente no quadríceps da cobaia; portanto, ele é colocado de volta entre as pernas e coloca as mãos nas coxas. No momento em que começa o choque, você sente a contração dos músculos tocando-os muito mais, apesar da posição das pernas e das alças apertadas.

Agora, o download está indo para outro lugar.

Movida por um instinto de "compaixão", ela se aproxima de seu mons pubis com a boca, mantendo as mãos nas coxas e acariciando-as.

Sua língua desliza onde pode, entre sondas e eletrodos, estimulando aquela parte sensível. Gritos de protesto da vítima.

Agora olhe para a parte superior do corpo. Quando atingido pelo choque, ele contrai peitorais, bíceps e abdominais de uma forma não natural ao mesmo tempo. Sonia pode ver a beleza de seus músculos, brilhando com o suor da cobaia.

Por vinte e cinco minutos, ele gosta de observar o sofrimento da garota e ao mesmo tempo admirar seu corpo atlético.

De vez em quando, ele passa as mãos gananciosas sobre a pele dela para acariciá-la sadicamente, às vezes beliscando, às vezes sentindo-a sensualmente.

Quando o tórax está "em repouso", as contrações diminuem, mas imediatamente o tórax começa a subir e a cair convulsivamente novamente. Entre esses momentos, Sonia continua saboreando o corpo da vítima lambendo e cheirando.

Por fim, montando em sua coxa, enquanto um choque atinge seu peito, lambe seu umbigo e a morde, encontrando naquele ato um prazer que não sentia há muito tempo, justamente desde que vira Monica, no mastro, em o ginásio.

Quando o tratamento é interrompido, Sonia se recompõe, passa a mão pelo abdômen e seios da menina, notando que seus olhos agora estão sem expressão, embora ainda guardem aquele toque de raiva e frustração de que Sonia tanto gosta. Claramente, o tratamento está começando a funcionar.

"Eu gostei de ter você do meu jeito, vadia. Acho que vou te visitar de novo esses dias."

Um beijo na bochecha.

"Guardas, vistam-na bem."

Um velho amigo

É hora de Rachel se despedir.

Sonia está um pouco triste, ela estava começando a gostar, mas Rachel a tranquiliza.

"Não se preocupe, vou visitá-lo de vez em quando para me divertir; estou de olho em um menino cubano, um carcereiro que não é nada mau, tudo natural ..."

Agora Sonia está no comando.

O membro 231 é apresentado em seu escritório conforme ordenado.

Ele a parabeniza, explica como sua inserção foi mais do que satisfatória.

Falando sobre a situação na ilha, parece que George está se aposentando, mas está lutando para encontrar um substituto digno.

A mente de Sonia investiga suas memórias e alguém imediatamente vem à mente ...

"Membro 231 ... aqui, gostaria de sugerir o nome de uma pessoa ..."

Robert, após uma profunda decepção com Monica, cai em um estado de profunda depressão.

A desgraça do lago é conhecida por praticamente todos. Aquele com a cachoeira um pouco menos.

As empresas que entraram em contato com você param de procurá-lo. Os pais o pressionam ignorando seus sentimentos.

Sentimentos por Monica que aos poucos vão dando lugar ao ódio.

Robert cultiva um ódio profundo por quem o rejeitou.

Além disso, aquele chute na região genital, antes pouco vigoroso e um tanto "inútil", agora o tornava quase incapaz de fazer sexo. Portanto, sendo incapaz de ter relações sexuais normais devido à insegurança, ele concentra sua sexualidade no sadismo.

A Internet favorece muito você nisso. Em todo caso, costuma pagar a prostitutas que se deixam amarrar para satisfazer seus instintos. Ao dominar e amarrar suas vítimas, ele obtém prazer.

O que aconteceu com Sônia agora é visto com inveja e nojo.

Ele basicamente percebe que a única maneira de ELE ter uma mulher é contra a vontade dela. E como ele não é muito dotado fisicamente ... a única maneira, você sabe o que é, o círculo se estreita.

Ele ainda é um gênio implícito, mas com algumas reclamações de algumas prostitutas que não são muito complacentes quando se trata de fantasias BDSM, elas fazem seu currículo não ser o melhor.

E ele tem que encontrar trabalho.

Ele vai para a enésima entrevista quase com resignação.

A senhora de cinquenta anos dá as boas-vindas ao seu escritório.

"Robert, aqui está você, finalmente. Precisamos melhorar nossa divisão de recrutamento e, embora seja verdade que estávamos prestes a perder um elemento como você ... não foi graças a ... VOCÊ."

Sonia se revela.

Tem mudado.

Além de ter crescido, ela também parece mais relaxada e feliz do que a Sônia que conheceu.

Eles apertam as mãos.

"Robert, você cresceu, mas não mudou muito ..."

Sônia conta à amiga todas as suas vicissitudes, desde os episódios com Mônica, ao recrutamento, ao grupo, ao trabalho dela, até como ela consegue sentir prazer e satisfação agora.

Robert fica incrédulo, mas decide aceitar.

Ele será responsável pela computação, sensores e eletrônicos do Centro.

No dia da colonização, seu espanto ao ver a ilha é grande, Sônia sorri pensando em quando já havia experimentado as mesmas coisas.

Todos os alarmes, controles, vigilância por vídeo e mecanismos de teste de máquinas são explicados a Robert.

Seus conhecimentos de informática, junto com seus conhecimentos de mecânica, estimulam nele várias ideias, que logo porá em prática.

George é um professor paciente e metódico.

Depois de uma introdução geral, Robert visita a área de "treinamento", em particular a piscina.

A piscina é visivelmente mais comprida do que uma piscina olímpica normal, mais profunda e com uma orla de três metros de altura, tornando impossível a fuga das cobaias.

Robert assiste fascinado ao procedimento: as cobaias de maiô se aproximam da piscina, com as mãos amarradas atrás das costas e os tornozelos presos por uma longa corrente de dez centímetros (para dar uma possibilidade mínima de movimento). Os eletrodos são colocados no peito (para mulheres sob um maiô de uma peça) e amarrados em volta do peito. Um monitor rastreia seu pulso. Eles são pendurados de cabeça para baixo com um guincho, suas mãos e depois seus pés são soltos, fazendo com que entrem na água. Hoje eles são submetidos a um teste de resistência de longa distância.

"Mas como podemos ter certeza de que eles fazem o seu melhor?"

"Oh, você vê, Robert - intervém Sonia, que atualmente está nos monitores - é simples: este último é submetido a um teste de resistência à dor doloroso (mas basicamente inofensivo); o primeiro é deixado 'em repouso' por alguns dias ... claro que não queremos que as mesmas pessoas sofram, então costumamos dar aos mais fracos uma vantagem cronométrica com base nos últimos testes ... vamos apenas dizer que fica muito a nosso critério; o importante é que essas bestas estúpidas eles não percebem e sempre empurram ao máximo "

Robert fica surpreso com a confiança de Sonia em comparação com alguns anos atrás; agora ele está encarregado da divisão genética; mas certamente parece ter mantido aquela frieza que sempre o caracterizou.

Os homens começam o teste que iniciam separadamente, para que os dados cronométricos possam ser "fixados" sem dificuldade.

Agora é a vez das mulheres.

Robert imediatamente percebe as preferências de seus colegas; Entre as mulheres, Sônia é a única com predileção por porquinhos da índia e parece não ter vergonha disso. Entre os homens, apenas um certo Paul, um homenzinho desajeitado, parece se divertir igualmente com ambos os sexos. Ele o ouve se dirigir a Sonia dizendo "esta noite não me importaria de levar o cubano e a dançarina para o meu quarto e espancá-los juntos; ah, para a prova que eu gostaria de ter o cubano, ele tentou se rebelar quando eu toquei nele ... entendeu? "

Sonia acena com a cabeça desinteressada.

Robert é atingido por um nadador: cabelo castanho, olhos castanhos de gato, físico imponente, mas esguio.

"Quem é, George?"

"Ah, Gabriela! Ela é uma atleta italiana completa (natação, corrida, arremesso de peso) que chegou há duas semanas. Vamos fazer vários testes físicos, para ver onde ela se sai melhor, embora pela beleza dela também pudesse ser incluída entre o 'entretenimento', quem sabe "

Robert observa enquanto os humanos modificados o posicionam para carregá-lo na água com o mecanismo. Ao pendurar, ele sugere um movimento instintivo para se levantar e contrair seu abdômen magnífico. Uma vez na água, ao partir, ele parte com velocidade e força impressionantes; sua musculatura quase se iguala à de Monica, embora ele permaneça um degrau abaixo.

"George ... eu acho ... eu tenho um pedido ..."

"Ah, eu sabia! Chamou a atenção na hora, né? Bom, ainda não está entre as 'diversões', mas como você é novo vamos abrir uma exceção, vou pedir para a Sônia deixá-la vencer, para mantê-la descansada amanhã à noite, e fazer o pedido especial ao Membro 231. "

O dia passa bem.

O primeiro jantar na ilha também é positivo para Roberto, muito ajudado pela Sônia, que o deixa muito confortável.

Quando se trata de escolher as "vítimas" para a noite, Robert já tem um pedido específico.

"Bom George, integrante 231, todas essas cobaias são muito bonitas e com certeza vou apreciá-las. Mas gostaria de passar minha primeira noite com Gabriela, a atleta italiana, mas como só estará disponível amanhã, hoje gostaria de 'visitar 'para cada um de vocês, assim, apenas para entender seus gostos e como funciona o' entretenimento ', sempre se isso for permitido ... e com vocês também, Membro 231, eu gostaria de ver do que você gosta "

Colegas aceitam de bom grado.

O primeiro que ele vê é seu tutor, George.

Uma jovem loira peituda (uma prostituta alemã) está amarrada à cama seminua, George traz um carrinho com gelo, comida de vários tipos, vinho perto da cama. Obviamente gosta de ter relações tradicionais, com algumas variações relacionadas com a alimentação e, obviamente, os cuidados necessários que requerem a imobilização de cobaias.

Sua amiga Sonia tem um velocista preto em seu quarto. Ela está nua, amarrada em um X verticalmente e ligeiramente levantada do chão. Sonia está aplicando eletrodos por todo o corpo.

"Isso te lembra alguma coisa, Sônia?"

Silêncio entre os dois.

Sonia esboça um sorriso. Ambos estão unidos por um desejo louco por uma certa pessoa. A nostalgia de Monica os torna quase melancólicos.

Robert decide deixá-la lá e ir para outro lugar, para dissipar a memória do velho amigo de escola.

Samantha e Julia, duas mulheres na casa dos quarenta anos, não bonitas, mas certamente mulheres carinhosas, encarregadas de alimentar e vigiar a saúde das cobaias, estão na mesma sala com uma mulher musculosa, nua, firme amarrado a algum tipo de mesa ginecológica. Um retrator mantém a boca aberta. Alças grossas nos pulsos, bíceps, pescoço, abdômen, coxas e tornozelos imobilizam-no firmemente na cama com as pernas abertas.

Enquanto Samantha apalpa o homem que ela vira lentamente, Julia explica a Robert:

"Nós nos divertimos assim, nós o excitamos de todas as maneiras possíveis, nós o provocamos, brincamos com ele, para mantê-lo à beira do orgasmo. Quando ele está à beira do desespero ... bem, depende de quão bem ele está implorando"

Com isso, ele se junta ao colega e pacientemente começa a trabalhar no corpo da vítima. Julia parece ter mais experiência, pois o homem sofreu uma ereção perceptível ao toque dela.

Samantha parece um pouco ressentida e dá um tapa nele.

"Então você prefere ela? Maldito cachorro!"

E ela morde sua orelha violentamente, enquanto Julia continua seu trabalho sensualmente.

Robert vai até o sádico Paul.

Uma mulher e um homem, ambos negros, estão amarrados um de frente para o outro, de cueca. Sinais óbvios de palmadas no corpo de ambos, mais na mulher.

Robert diz olá, ele não tem nenhuma simpatia especial pelo homem.

O Membro 231.

Robert bate na porta.

"Adiante"

Um homem e uma mulher seminus estão amordaçados e imobilizados em uma estranha engenhoca, com escovas giratórias, canetas, palitos de dente.

"Máquina de fazer cócegas, Robert. Eu selecionei os itens mais sensíveis, não os mais atraentes, como você pode ver. Olhe."

A mulher aperta um botão. Os pincéis e as penas começam a dançar nas partes mais sensíveis dos dois pobres; axilas, quadris, pés e pescoço são as áreas mais estressadas.

A mulher, especialmente, se contorce como uma fúria, grita convulsivamente.

Robert está fascinado por tudo isso.

No entanto, ele se retira para seu quarto. Sua preferência por Gabriela no dia seguinte é na verdade uma desculpa para se retirar para seu quarto e ligar seu velho PC: a nostalgia o captura, as fotos de sua amada Monica, agora uma jovem e promissora atleta, são meticulosamente e obsessivamente preservadas por ele ; das poses fotográficas mais banais às imagens fixas captadas durante as suas performances.

Ele não pode esquecê-la.

Você está prestes a encontrar outro vídeo ou artigo quando ouve uma batida na sua porta.

"Sonia, venha, entre"

"Oi Robert, como você está?"

"Bem, olhe, nunca vou te agradecer o suficiente por me fazer ir tão longe. Eu nunca vou ser capaz de te pagar de volta."

"Bem, você deve saber que é um prazer para mim ter aqui uma pessoa que conheço desde o colégio."

Elas falam como duas velhas amigas, falam sobre isso e aquilo, Sonia fala sobre seu trabalho sádico como se nada fosse.

A certa altura, Sonia pressiona:

"Você fica pensando ... nela. Certo?"

Em resposta, Robert mostra a Sonia as fotos em seu PC. Sonia fica maravilhada ao ver a quantidade de fotos da vítima dos seus sonhos, divididas em pastas e subpastas: vídeos, entrevistas, reportagens, fotos, apresentações esportivas.

Só de pensar no que ele poderia fazer com ela na ilha a faz voar com sua imaginação como nunca antes. Uma foto em que Monica luta com o salto com vara chama sua atenção: a atleta acaba de sair da vara, o rosto concentrado no esforço, os músculos delgados tensos e sinuosos ao mesmo tempo, a parte superior frenética sobe. Descubra o abdômen e todos os músculos abdominais esculpidos.

Sonia voa e sonha com Monica na ilha como uma cobaia, mas um pensamento a apanha:

"Robert ... você ... a ama certo? Quer dizer, de uma forma tradicional, você nunca a machucaria, você a desejaria para você mesmo, se ela fosse uma cobaia aqui você gostaria de libertá-la para mostrar seu amor ... verdade? "

"Sônia ... você não sabe o quanto eu mudei. Crescendo e esbarrando com a realidade, com a sua aparência física, você passou a entender que nunca pode ter uma criatura assim, como ela poderia se apaixonar por mim? Olha, meu desejo por ela não mudou, na verdade, mais forte do que antes, mas há uma diferença.

Você pode não saber que o chute que ele me deu naquele dia me causou alguns problemas sexuais; Não estou desamparado, mas luto para ter ... aqui você sabe o quê; em vez disso, a ideia de ter uma mulher em meu poder me excita muito. Monica então ... não vamos falar sobre isso.

Eu quero humilhá-la, como ela fez comigo. Eu quero que ele sofra. Quero que ele se arrependa de ter me humilhado. Quero arrancá-la do mundo que ela conhece e tê-la aqui para torturá-la lentamente, sem machucá-la muito. Eu quero que ela se torne uma escrava, um objeto em minhas mãos. Mas ela deve sofrer, rebelde, quero ouvi-la gritar de raiva "

Os olhos de Robert se iluminam e encontram os de Sonia.

A magia da situação, o encontro entre os dois, os sentimentos revelados quebram as barreiras entre os dois. Quase em êxtase, os dois se abraçam, então, de mãos dadas e olhando para a foto de Monica, começam a se acariciar.

Agora eles são cúmplices.

Eles não se sentem atraídos um pelo outro. Mas seu desejo vai na mesma direção.

"Robert, se você soubesse quantas vezes eu falei com o membro 231 ... o fato é que ela é famosa, sabe? Muitos olhos sobre ela. Muitas pessoas em seu encalço. Seria um milagre, eu não sei, para fazê-la ser presa, ou ... bah. O que quero dizer é que não quero me enganar. E temos algo para nos confortar aqui de qualquer maneira, você não acha? "

Robert concorda, não muito convencido.

Passatempo agradável

Robert está em seu quarto, assistindo ao noticiário na televisão.

Quanto tempo leva? Eles devem ficar aqui por alguns minutos - ele pensa.

Eles batem na porta.

"Ah, finalmente"

Os humanos modificados entram na sala com um carrinho.

Gabriela é tradicionalmente amarrada ao X, com os olhos vendados e um retrator na boca.

Como Robert ordenou, ela está vestida com uma calcinha branca e um top.

Eles são deixados sozinhos.

Quando a cobaia começa a puxar as coleiras, perguntando-se por que a espera interminável, Robert, com paciência sádica, se vira e olha de perto sua presa.

É a primeira vez que você encontra seus sonhos.

A cobaia é um espécime magnífico. Agora que ela está amarrada, cada centímetro de seu corpo fabuloso pode ser observado de perto.

Com um dedo e gentilmente, Robert começa a provocá-la e beliscá-la aqui e ali; é bom vê-la tremer, seus músculos ficarem mais proeminentes; Você pode testar sua consistência beliscando e mordiscando a área peitoral e do bíceps.

Butt é um hino à perfeição, sinuoso e tonificado.

Robert brinca com o elástico da calcinha testando a firmeza das nádegas.

Ele já havia amarrado algumas prostitutas, mas todas consentiram mesmo assim; e, em qualquer caso, eles se permitiram ser amarrados de uma forma muito falsa.

Agora tudo era diferente.

Além disso, ele ainda não tinha visto tal corpo; Claro, o corpo de Monica era inatingível, mas esse "substituto" era notável. Além disso, ele nunca teve tempo de examinar o corpo de Monica de perto, exceto nas breves ocasiões em que ela batia nele.

Agora Gabriela estava ali, amarrada e à sua mercê. Eu queria aproveitar aquele momento.

Clack ... clack ... Robert decidira colocar mais ênfase nela, para reduzir sua liberdade de movimento; Braços e pernas bem alongados, embora não ao limite.

Rass ... com uma tesoura corte as alças da regata, na parte de cima.

Um peito magnífico, com as costelas expostas (dada a posição), mas com seios bonitos e firmes.

O retrator é preso a uma barra na parte superior para segurá-lo com a ponta para cima.

Tanta força e poder em suas mãos.

Com um palito, ele pica suas coxas, abdômen, axilas.

Seus reflexos involuntários são o que mais o satisfaz.

Com o tempo, ela descobriu que amava cada vez menos o sexo tradicional. As tentativas vãs de rebelião da vítima o excitam violentamente.

Fora com a calcinha.

Robert se move pacientemente para a área genital dela e começa, com uma pinça, puxando irritantemente o cabelo ... tac; aqui está um cabelo púbico desaparecendo, resultando no gemido da vítima.

Gosta de alternar explosões rápidas e decisivas com prolongadas e dolorosas para a vítima, que começa a suar.

O suor faz o corpo de Gabriela brilhar de forma visualmente agradável.

Robert cheira e lambe todo o lugar, depois volta para a dolorosa depilação.

Esta noite, Robert entende que todos os seus sofrimentos passados serão parcialmente justificados pelas satisfações que ele obterá daquele momento. Gabriela é a primeira vítima da humilhação e da dor física que o sádico e paciente Robert pode causar.

Usando a infeliz como uma cobaia, Robert faz experiências com eletroestimulação nela, alcançando limites que ele nunca teria pensado em alcançar em um ser humano.

Ele se sente um Deus, tendo total controle sobre a bela atleta.

O prazer obtido após duas horas de tortura alternadas com pequenos jogos é muito gratificante para Robert, que adormece por várias horas.

Ao acordar, você vê sua cobaia exausta da posição em que ficou amarrada a noite toda, mas ainda responde ao seu toque.

Solte a corrente presa ao retrator para que eu possa ver seu rosto. Ele a beija com entusiasmo, com um movimento de repulsa da vítima, e então a esbofeteia com raiva, extravasando toda a sua frustração por sua decepção com Monica.

Se ao menos ele estivesse aqui no lugar da pobre Gabriela ... um toque de nostalgia toma conta do menino.

Nos meses que se seguiram, Robert trabalhou duro para manter todos os sistemas de vigilância e todos os dispositivos elétricos e mecânicos usados para os experimentos e as "sessões" eficientes. Graças à sua imaginação e gênio, ele é capaz de desenvolver um sistema muito mais seguro e eficiente do que seu antecessor.

A harmonia com Sonia e a paixão comum, reforçada por gostos muito semelhantes, permite-lhes alcançar excelentes resultados na investigação, muito além das previsões do Associado 231.

Eles são freqüentemente encontrados após o jantar para brincar com cobaias, torturando, estuprando e até mesmo humilhando-as.

Outras noites, no entanto, eles se surpreendem admirando nostalgicamente as fotos de sua amada Monica G.

Uma tortura que não conseguem realizar, apesar das inúmeras diversões que a situação oferece.

O Natal do ano de 2018 está se aproximando, quando o membro 231, na véspera de Natal, convoca os dois para uma reunião.

"Sentem-se, queridos. Vocês não têm ideia de quão longe chegamos, principalmente graças a vocês, nos últimos meses. Especialmente sobre os novos protótipos de humanos modificados e a capacidade de controlá-los telepaticamente por meio de outros humanos modificados. Foi algo que ninguém teria pensado. Nem eu tentei imaginar. Sem falar nas estruturas modernizadas graças ao gênio do nosso Robert "

Robert e Sonia se entreolham, um pouco corados, mas cientes de que os elogios são merecidos.

"Há algo, porém, que os deixa um pouco tristes, todo mundo sabe disso, mesmo que nunca falem sobre isso"

Os dois não sabem como responder à mulher.

"Bem, normalmente não levo o trabalho para o lado pessoal para esse tipo de coisa, mas abri uma exceção para eles, pois eles se juntaram e deram tanto para o grupo.

Eles parecem um pouco surpresos, imaginando o significado das palavras da mulher.

"Bem ... para ser sincero não sei se teria conseguido, se os acontecimentos não tivessem me ajudado ... entre outras coisas, é engraçado que amanhã seja Natal; bem, mal posso esperar pelo amanhã para te surpreender com um presente ... "

Sonia interrompe ...

"E aquele corte, membro 231?"

Natal 2018 - o mais lindo Natal

Monica G., também conhecida como Fantastic Girl, acorda deitada no chão de uma cela estranha, quase futurística; Parece-lhe que está num filme de ficção científica, as paredes brancas, a penumbra, um vidro através do qual nada se vê.

Ela se levanta um pouco atordoada. No momento em que percebe que está com seu disfarce cinza, mas não é mais a máscara, ele se lembra de tudo: a noite, a luta, sua vitória, o dardo ... e mais uma vez a polícia, os estranhos que invadem. , então nada.

Onde está? Ela está presa em uma cela, mas onde?

Sem saber o que fazer, ele começa a chutar e empurrar o vidro, mas sem outro efeito a não ser machucar o ombro; e dizer que, graças à sua força, ele quebrou várias portas desta forma, e não de uma forma sutil.

Uma luz do outro lado do vidro.

Uma dúzia de homens de macacão azul entra na sala do outro lado do vidro, o mesmo tipo de uniforme que você viu antes. Eles estão todos armados, dois carregam um carro com alguns dispositivos estranhos, Monica só consegue reconhecer algumas alças estranhas que aparentemente servem para imobilizar.

Enfim, uma mulher ... espere, ele a reconhece, ela é a mesma da delegacia da época da Sônia, e a mesma que lhe fez a pergunta fatídica "Você é Fantastic Girl?

"O que está acontecendo aqui? Onde está a polícia? Quem é você, o que quer de mim? Eu não matei ninguém, nem roubei, isso é ilegal ..."

"Mas quantas palavras, minha querida Monica, ou Fantastic Girl o que você quiser. Escuta, vou te contar tudo depois e com muita calma ... uh, uh, você não vai acreditar em mim, mas temos muito tempo disponível ..."

"Tempo? Não tenho tempo para ninguém, agora quero dar um telefonema, tenho o direito ..."

"Ssshhhh, veja, minha querida ginasta - heroína, a primeira coisa a entender é que a partir de agora você não terá mais direitos, goste ou não. Agora, por favor, comece a tirar esse disfarce idiota ..."

"Escute bem, sua puta de merda, não sei quem você é, mas sou bem conhecida, vão me procurar, não recebo ordens de ninguém ..."

"Eeeehhh, eu já sabia que isso ia acabar assim, senhores, liguem o 'aquecimento' ..."

Um homem de terno azul liga um botão.

As luzes se apagam, Monica não consegue mais ver nada fora do vidro, enquanto a cativa é claramente visível de fora.

Em segundos, o ar fica mais pesado, mais quente e irrespirável.

Monica começa a se perguntar como isso pode acontecer, onde diabos ela está. O calor fica insuportável, a umidade é muito alta.

Monica está muito preparada fisicamente, mas depois de alguns minutos começa a ter problemas respiratórios. Mas ele não quer satisfazer a mulher.

De repente, a célula é dividida em duas partes por barras de metal.

A área em que você está permanece a mesma; na outra área, Monica vê uma espécie de bocal saindo do teto. A certa altura, a água começa a sair do bocal.

Monica começa a entender.

Com todas as suas forças, ela tenta dobrar as barras para passar de alguma forma, mas além de ficar atordoada pelo narcótico, ela também está exausta com o calor repentino.

"Veja, meu caro amigo da ginástica, você já devia ter percebido que se quiser ir para o outro lado, você tem que tirar essa fantasia idiota, você vê que as grades ainda estarão lá até você tirá-la. Ah, e você sabe que podemos atirar em você um tranquilizante dardo a qualquer hora e fazer o que quisermos, se você se provar estupidamente estúpido. Ei, vamos, agora a temperatura está acima de quarenta graus, a água está bem fria, você não quer esfriar?"

Os instintos de sobrevivência de Monica prevalecem sobre o orgulho.

Não sem dificuldades, dada a umidade, o cansaço e o suor, consegue se despir por completo e jogar seu "disfarce de estúpido" no chão.

Nada acontece.

"Ei, eu fiquei pelado, o que mais você quer que eu faça? Droga!" Monica grita com uma pitada de frustração em sua voz.

Depois de uma espera sádica, a mulher responde.

"Coloque o disfarce idiota neste slot"

Um recipiente sai de baixo do vidro. Monica veste a fantasia.

Membro 231 fareja o suor da cobaia fantasiada.

Em resposta, um homem aciona um botão, as barras são levantadas, Monica se joga no chuveiro e deixa a água deslizar por todo o corpo, ignorando os olhos curiosos de seus captores.

As luzes voltam.

A mulher aplaude.

"Muito bem, você vê que não é tão estúpido quanto sua aparência pode sugerir?"

A mulher começa a ver sua presa sob uma luz diferente; pensa consigo mesma.

"Droga, que físico. Agora entendo a obsessão de Robert e Sonia por aquela mulher. Acho que nunca vi uma cobaia tão bem feita entre todos os atletas que experimentei em mais de vinte anos, embora goste de homens. "Uma mulher assim pode transformar qualquer um em lésbica. Quase quase ... Eu poderia imobilizá-la imediatamente, mas vamos ver como a luta começa; há anos não faço isso, mas vou fazer você acreditar que pode escapar ..." embora humanos modificados se queixem se um de seus companheiros for ferido "

"Agora minha linda Monica, meus homens vão entrar e te imobilizar, entretanto tenho outras coisas a fazer, por favor, comporte-se se não quiser ser ... punido; senhores, é tudo seu, DEIXO

AS CHAVES DO EDIFÍCIO NAS MÃOS DO CAPITÃO Traga-a para o escritório bem amarrada em quinze minutos. "

O membro 231 deixa entrar os outros dez humanos modificados, armados apenas com cassetetes, correntes e algemas, um de terno vermelho, diferente dos outros.

Monica está nua, molhada e exausta com o calor, mas seu hábito de lutar a ensinou a avaliar cada situação.

Conte dez, dos quais o vermelho deve ser necessariamente o capitão. Eles não parecem carregar outras armas além de cassetetes. E pelo que ela entende, eles a querem viva. Essa é uma grande vantagem para alguém como ela. Diante do absurdo da situação, ele decide fazer pelo menos uma tentativa desesperada.

Dois deles vêm atrás dela com algemas e gravatas, mais dois na frente dela; os outros esperam com cassetetes prontos para intervir.

Quando eles pegam seus braços por trás, ela os segura com força e os joga contra os dois da frente, jogando-os no chão; os dois agarrados por ela são neutralizados batendo violentamente as duas cabeças uma contra a outra.

Agora, cinco homens armados com cassetetes estão se aproximando de todos os lados ao mesmo tempo. Com um salto poderoso, rápido e instintivo, ele se lança contra um, desarma-o e ganha um porrete. Os outros se lançam sobre ela e dois conseguem atingir seus joelhos com violência, fazendo-a cair. Os outros dois aproveitam e acertam-na novamente no abdômen, mas ela, quase como se não tivesse percebido os golpes, os envolve com uma cambalhota.

O membro 231 observa a cena de uma câmera escondida. Ele tinha enviado dez humanos modificados treinados em combate armados com cassetetes. Ele lutou contra eles com uma facilidade impressionante. Seus saltos e chutes foram incríveis. Três deles permaneceram. Monica tinha deixado cair o bastão, seus braços ainda mais mortais. Com as pernas de mármore, ele apertou uma das vítimas até desmaiar, enquanto com as duas mãos segurava o resto no chão. Ele se dirige ao único sobrevivente, o "capitão".

Pelo que ele podia ver, provavelmente menos da metade ainda estava viva. Uma arma mortal, um lutador feroz.

O pobre homem lhe entrega as chaves trêmulas, então ela bate nele com o punho como se fosse de papel.

"Excepcional. Leve mais vinte em ..."

O membro 231 deixa o monitor para descer.

O grupo de humanos modificados, além de ter vinte anos, possui uma rede que facilita seu trabalho.

Depois de capturá-la com a rede como um animal, eles conseguem algema-la nas costas e nos tornozelos e colocam uma espécie de coleira nela.

Eles tiram da rede.

"Olha para cima"

Monica fica na frente do membro 231, aproximadamente 20 centímetros mais alta que ela.

De perto, ele pode apreciar o corpo dela, ainda ofegante pela luta feroz que ainda está acontecendo.

Um humano modificado a mantém amarrada, outros dois seguram seus braços, já algemados, com duas correntes nos tornozelos, também amarradas.

Nu e molhado.

O que impressiona é a feminilidade irreprimível, beleza combinada com força, um espécime mais único que raro.

Aqueles seios latejantes eram tão atraentes.

"Sabe, querida, eu definitivamente sou heterossexual, sou louca por homens. Mas você ... aqui está algo único, abdômen esculpido ... que braços e ombros ... e suas pernas, que perfeição ... você está suado. .. quente "

A atleta de cabelos escuros data da época em que foi amarrada e torturada por Sônia.

Agora ele estava em uma situação muito pior, e não apenas porque não via uma saída.

Amarrado Nu Os olhos daquela mulher nela.

Seu coração começa a bater forte no peito quando a mulher começa a acariciar seus seios, abdômen, nádegas.

Num último esforço desesperado, ele consegue encontrar forças para chutar com os dois pés amarrados no rosto da mulher, agora no chão com o lábio sangrando.

"Droga minha estupidez ... nunca chegue perto de uma cobaia pessoalmente. Coloque-a na cama, use coleira dupla!"

Os humanos modificados, apesar da superioridade numérica, as algemas, correias e correntes já presas a Monica, lutam muito antes de amarrá-la completamente ao catre, vendá-la e amordaçá-la com um retrator.

"Agora está seguro, senhora"

"Bom. Fique longe"

Ele se aproxima da cama com a mulher amarrada como um salame.

O número de tiras limita um pouco a porcentagem de pele nua que pode ser admirada, mas é uma visão bonita, de qualquer maneira, e nesse ponto é melhor estar seguro.

"Sabe, vadia, ninguém nunca me chutou. Agora, sou uma mulher justa e não vou fazer nada para você, porque tenho que deixar você intacta para ... duas pessoas que você conhece bem, você é um prêmio para elas, sabe?" E eu estou me segurando Chegará a hora, friamente, em que te farei pagar. Como já te disse, o tempo não falta "

Com isso dito, ele pega seu mamilo direito e o aperta com força.

Monica se contorce mais de humilhação do que de dor.

"Gosto do som de um corpo nu nas alças. Leve para o escritório. Amarre no carrinho de 'sobremesa', que eu mesmo conserto."

Monica não vê nada por causa da venda, ela só sente que está sendo levada para outro lugar.

Uma porta se fecha. As mãos experientes de várias pessoas aplicam rapidamente novas tiras em você antes de remover as antigas. Com experiência e paciência maníaca, ela é imobilizada para ficar de pé.

Água fria em todo o corpo.

Sabonete.

Nas mãos de várias pessoas, mas pressa, não sinto vontade. Parece um objeto.

Eles o enxaguam.

Com o mesmo procedimento agora eles a imobilizam em um carro, sempre segurado.

Ele se estende até verificar se não há possibilidade de movimento.

Como se não bastasse, eles colocam alças acima e abaixo dos joelhos, nas coxas tanto no meio e próximo à virilha, na cintura, no abdômen, acima e abaixo dos seios, no pescoço, acima e abaixo dos cotovelos. Na boca outro afastador com haste ascendente, única abertura pela qual se pode respirar, já que o nariz é fechado com clipes. Nos olhos uma borda que, além de não mostrar nada, não lhe permite mover a cabeça um centímetro.

É inexoravelmente imóvel.

Se eles quisessem matá-la, eles teriam. O que irá acontecer com ela? De quais duas pessoas ela estava falando?

Seus pensamentos são interrompidos pela sensação de uma espécie de espuma sendo borrifada em seu corpo.

Você puxa um interruptor e sente a temperatura cair.

Ficamos com Robert e Sonia no escritório.

"E aquele corte, membro 231?"

A senhora sorri e revela um corte no lábio.

"Você não lê jornal, não é? Melhor assim, tudo vai ficar mais lindo. Ah, o corte que eu tenho? Bom, não se preocupe, nada sério, quem o fez vai ter tempo de se arrepender, pelo que te espera aqui. Agora concorde em ser meus convidados para o jantar esta noite. A propósito, tomei a liberdade de inibir os sistemas telemáticos em seus quartos, então você não será capaz de acompanhar as notícias ... mas apenas esta noite. "

"Aceitamos com prazer, Membro 231. Vejo você hoje à noite"

O membro 231 geralmente come sozinho ou com todos os outros, raramente jantando com outras pessoas.

Robert e Sonia vão para a sala do chefe.

"Bem-vindo, venha mais cedo. Eu entendo você, sabe? Sente-se."

Três cadeiras, nada entre elas.

"Mas que...?"

"Garçons, por favor"

Dois humanos modificados entram com um carrinho.

Robert reconhece o carrinho: as vítimas ficam completamente imobilizadas e seus corpos são encharcados de comida para alegrar o jantar de uma forma incomum. Desta vez, o corpo estava completamente coberto. Uma geladeira mantinha a temperatura baixa para armazenar o creme. Uma obra-prima, desta vez eles estavam ocupados. Creme e merengue em todo o corpo. Os seios grandes estavam cobertos de creme com cerejas nos mamilos. O rosto coberto por um melão oco e um presunto ao redor. No topo, um tubo de respiração. Um coco no meio na virilha, estratégico. E então creme. Creme e merengue.

A baixa temperatura fazia estremecer a cobaia, mas o movimento era quase impossível devido às inúmeras alças que a continham.

Ela estava completamente coberta, mas eles já podiam adivinhar que o físico da mulher era espetacular: alta, forte, mas com considerável massa muscular, um peito tonificado e cheio; e eles não tinham visto o melhor ainda.

O garçom traz chocolate derretido.

"Sirva-se"

Sonia derrama chocolate quente em seu abdômen. A vítima engasga, seguido por um "nnnggghhhhh!" sufocado.

Os comensais começam a saborear a iguaria com o abdômen.

"Legal esse arranjo, devemos fazê-lo com um pouco mais de frequência"

Robert brinca, mergulhando seu garfo de prata no merengue.

Depois de alguns minutos, o abdômen está completamente nu. Os clientes podem apreciar o abdômen musculoso e esculpido, mas ainda sinuoso e suave. A cobaia é morena, mas ocidental.

Robert gosta de provocá-la com a ponta do garfo, causando pequenas contrações imperceptíveis no abdômen.

O membro 231 desativa o refrigerante.

"É hora de tentar, não acha?"

Sonia derrama chocolate quente em seu abdômen agora descoberto. A cobaia solta um grito e se contorce mais. Apesar das alças, seus puxões fazem com que a cobertura caia no mamilo direito, do lado de Sonia.

"Mas olhe, parece que nossa amiguinha está se rebelando. Veja, Robert, ela estragou a decoração."

Robert intervém.

"Bem, enquanto isso, vamos prender as tiras"

Monica, através do cobertor de comida, consegue ouvir as vozes. Essas vozes familiares ... não ... não pode ser. Deve ser um pesadelo ...

"Cadê o botão, Sonia? Ah, aí está, que idiota"

Ouvir esse nome é como um golpe no coração de Monica que, em pânico, começa a se contorcer com toda a força de que é capaz.

A outra cobertura cai, parte do merengue em volta dos braços cede, as alças parecem se soltar.

Robert aperta um botão.

As correias são apertadas até que a cobaia se acalme de novo, que agora respira com mais força.

O esforço e o suor derreteram parte da decoração, agora é possível ver os ombros, axilas, bíceps, coxas, além do abdômen já exposto.

Agora os dois podem ver mais detalhes do corpo da vítima, apreciar a definição muscular e a firmeza da carne. Eles não se lembram de alguma vez ter visto uma cobaia assim.

"Esse creme parece apetitoso"

Isso pressiona Sonia e ela imediatamente começa a lamber os seios com avidez, seguida por Robert.

Mais do que comer o excelente creme, o seu propósito é descobrir seios fantásticos, abundantes, firmes, redondos, perfeitamente ligados aos peitorais, que culminam em mamilos grandes, escuros e carnudos.

Depois de desapertar as alças acima e abaixo dos seios, eles observam como as contrações dos peitorais fazem com que os seios se movam de forma vital e rebelde.

O suor começa a se formar nas axilas.

Os dois passam ansiosos os dedos e a língua.

"Eu quero vê-la se contorcer ... eu tenho uma ideia"

Robert coloca a mão no snorkel e o fecha.

Depois de um minuto, a cobaia começa a se mover como uma fúria. Sonia, por sua vez, morde o mamilo de uma forma desagradável, fazendo a cobaia pular.

Robert abre o respirador.

O seio começa a subir e descer freneticamente, Robert aproveita para lambê-lo avidamente.

Repita o jogo três ou quatro vezes observando que o creme já está quase totalmente dissolvido.

O membro 231 os observa com prazer; ele se pergunta se eles já suspeitam de algo. Nesse ponto, ele também participa mordiscando a parte interna da coxa da cobaia e observando seus músculos se contraírem. Nunca tinha acontecido com ele que ele quisesse uma mulher ... até agora.

Após vinte minutos de jogos cruéis, o corpo está completamente nu, exceto pelas alças. E o rosto coberto.

Robert e Sonia param por um momento para admirá-lo.

A definição, a sinuosidade do todo é incrível. Pernas que parecem ter nádegas de mármore.

"Devo dizer que desta vez atingimos um limite. Não acho que possa haver um corpo mais bonito do que este. Aquele rosto será de quem. Só uma pessoa pode se igualar a isso, e você sabe de quem estou falando, Robert ..."

Os dois se olham.

A sombra da dúvida cruza seus rostos.

O membro 231 entende.

"Gente, acho que vocês querem curtir esse momento sozinhos, mas primeiro ... aqui, o jornal de ontem. Sugiro que leiam o título da segunda página ... depois podem levar esse melão idiota embora."

Ele se afasta e sai da sala.

Ambos estão percebendo que talvez ...

Seus corações batem mil.

Sonia lê em voz alta:

"SENSACIONAL: Fantastic Girl acaba se revelando a promessa do atletismo mundial Monica G., considerada por todos quase uma alienígena por seus dons atléticos, inclusive por sua beleza. Mas no dia da captura ela consegue escapar de alguma forma. Talvez com a ajuda de cúmplices. O fato é que ela neutralizou dois guardas e fugiu. Ninguém a encontrou, ela não apareceu para treinamento. A polícia já deu o alerta de fronteira. A verdade é que antes ela era uma heroína amada por todos, depois de matar dois policiais são culpados de assassinato ... "

Monica ouve as palavras de Sônia e começa a chorar desesperadamente. Agora está tudo claro. Ela está nua, imobilizada e à mercê de dois psicopatas malucos. Com a força do desespero, chorando, ela puxa as alças anormalmente, conseguindo quebrar as que envolvem seu cotovelo direito.

Robert pressiona o botão de "emergência" e correias adicionais saem imediatamente do mecanismo, imobilizando irremediavelmente a cobaia; agora você pode ver suas lágrimas de desespero sob o melão.

Robert e Sonia se aproximam da cobaia, limpando lentamente o pouco alimento que resta no corpo com guardanapos, permanecendo sadicamente em todas as áreas sensíveis ao toque, enquanto ela se contorce de desespero.

Quando ele não tem mais forças para chorar, eles cuidam do melão e do tubo, descobrindo seu rosto e olhos.

Monica já entendeu, mas vê-los na cara é como uma facada. Como isso pôde acontecer? Ela nunca vai perdoar sua peculiaridade de ser uma super-heroína

Sonia e Robert a observam em êxtase. Um sonho tornado realidade.

Monica, na presença dele, indefesa, mas com todas as suas forças. Sua força física não lhe fará nenhum bem. Agora pertence a eles.

Possuídos, começam a beijá-la no rosto, nas orelhas, acariciá-la com desejo renovado; Enquanto Robert cuida do rosto, dos seios, Sonia desliza, com a língua e os dedos nervosos, pelo abdômen, coxas, nádegas, genitais.

Monica começa a gritar de pânico e frustração, as alças apertadas em modo "emergência" impedem que ela se mova, ela já está suando há vários minutos e não de esforço físico.

"Me solta! Droga, o que você quer de mim? Seu verme, nós estudamos juntos por anos ... não ... não ... pare ... não tente, você sabe ... aaaaahhhhhhhh!"

Robert, deixando-a desabafar, morde-lhe aborrecido o mamilo direito, puxando-o dolorosamente para cima, para a pobre cobaia, enquanto com a mão aperta o esquerdo.

Sônia cuida da parte inferior, não sem um toque de malícia, ciente do "banho" que Mônica a obrigou a fazer. Ele morde, belisca, explora com a língua.

Monica, chorando, respira fundo e tenta pensar em uma possível saída.

Ela vê seu peito magnífico brilhando de suor, sente o desejo de seus algozes, suas línguas e dedos deslizando sobre ela.

Ela começa a se maravilhar consigo mesma quando uma sensação estranha toma conta dela; esforços inúteis para se libertar são marcados por sons guturais, quase animais. As alças em modo de emergência, embora sejam mais seguras, permitem um mínimo de liberdade de movimentos, sendo mais elásticas; Desta forma Mónica tem a oportunidade de forçá-los, destacando os seus músculos imponentes, com um grande agradecimento a Robert e Sonia. Ela sabe que não tem chance, mas ela continua puxando, como um animal, quase ... quase como se ela gostasse que aqueles dois a vissem naquele estado. Não, não é possível.

Após inúmeros puxões acompanhados de rosnados, Sonia percebe um sinal inconfundível da excitação da cobaia.

"Ei, Robert, venha ver essa vadia ..."

Robert coloca um dedo na área ofensiva.

"Mas olha, quem teria pensado isso"

Eles sorriem para a vítima imobilizada, que tenta disfarçar a vermelhidão nas bochechas.

Monica, tentando desesperadamente afastar o pensamento, começa a gritar.

"Socorro ... Ei, alguém pode me ouvir? Vocês dois têm ideias muito estranhas, droga, se eu me libertar, não vou deixar vocês se levantarem de novo como fiz nas últimas vezes"

O membro 231 irrompe na sala com dez humanos modificados.

"Gente, por favor ... nós temos muito tempo para isso. Agora deixe que os humanos modificados a levem para sua cela, e deixe-me trocar algumas palavras com ela ... afinal, você é meu convidado, sua vadia imunda."

Passe um dedo pelo abdômen para alcançar o mamilo e aperte.

Monica se contorce e mantém um olhar orgulhoso e desafiador para a mulher.

"Você e eu precisamos ter uma conversa sobre quem está no comando aqui e quem NÃO deve ter permissão para olhar para mim dessa maneira."

Ele diz que é severo, mas controlado.

Os humanos modificados vão com o carro.

QUINTA PARTE
CORPO DE MONICA - FANTASTIC GIRL

Apresentando a nova cobaia

Há muita agitação na ilha. Todo mundo sabe que existe uma nova aquisição. É uma ocorrência bastante comum, mas desta vez parece que as coisas são diferentes. Em parte porque todo mundo sabe quem é Monica G., suas proezas atléticas, a forma como foi capturada, como uma super-heroína; Após a notícia da captura, todos foram ver as fotos da mulher na internet, tiradas de artigos esportivos ou de vídeos em que ela participava de salto com vara. Acima de tudo, todos se perguntam por que ela não foi incluída entre as cobaias como todo mundo. Isso causa um leve descontentamento na ilha, então o membro 231 convoca Robert e Sonia ao seu escritório.

Os dois ainda estão em choque ao capturar seu objeto de desejo.

Sonia toma a palavra.

"Este ... membro 231, nós realmente não sabemos o que dizer ... agradecer é pouco"

Lágrimas de alegria em seus olhos angustiados, quase incrédulos com a graça recebida.

Robert estático, incapaz de falar.

Agora eles podem se vingar de quem os humilhou no passado e, ao mesmo tempo, fazer como e quando quiserem.

As fantasias das duas correm descontroladas, renovadas pelo que sempre quiseram, possíveis torturas, provas de força, até mantê-la nua e amarrada no quarto para humilhá-la.

O membro 231 interrompe os delírios dos dois.

"Gente, antes de mais nada, vocês não têm nada a me agradecer. Ter um espécime como a Monica aqui era algo que esperávamos há muito tempo. Ele facilitou para nós. O motivo pelo qual você não precisa me agradecer por nada ... é que TODOS na ilha poderão apreciar ... suas qualidades, além disso, existem muitos testes - experimentos que exigem uma fêmea com essas características "

Os dois nunca haviam considerado isso desse ponto de vista e um toque de raiva - o ciúme os pega desprevenidos.

Sonia, um pouco assustada, intervém.

"Mas ... bem ... com todo o respeito, mas usar uma fêmea ... uh ... porquinho-da-índia com esse potencial para certos testes parece um desperdício ..."

"Oh, mas você quer dizer o dano que pode levar ... quer saber? Você praticamente terminou a 'máquina regenerativa'; bem, considere isso um incentivo para acelerar seus preparativos; e, vamos lá, você ainda terá. Robert, você inventa isso cara. Somos seis, mais de uma vez por semana você pode 'brincar' com ela, quem sabe até com a sua colega ".

Robert e Sonia ficam um pouco arrepiados com o entusiasmo inicial avassalador, mas percebem a situação em que se encontram.

"Vamos colocar assim, você tem dois dias para terminar a máquina, então ... bom então Monica terá que passar pelas mãos do nosso Paul, amante do chicote; e até pelas minhas mãos, já que ela e eu temos negócios pendentes."

Monica passa a noite em sua cela. Se não fosse pelo cansaço físico, não conseguiria dormir; muitas perguntas em sua cabeça sobre onde ele está, o que o espera no futuro. Qual é o propósito dessas pessoas? O que eles farão com ela? Sobreviver a? Tanto a humilhação quanto a dor física a assustam. No nível físico, ele nunca teve problemas com dor e fadiga duradouras. Mas o que era aquela sensação de abandono e alívio que pouco a enchia quando estava nua e amarrada nas mãos daqueles dois?

Uma batida no colchão o acorda, ela está vestindo um terno leve.

"Acorde, querida, minha cobaia rebelde."

Monica percebe que não é hora de se rebelar e não diz nada de desrespeitoso ao membro 231.

"De pé".

Ela obedece.

O membro 231 normalmente deve, neste ponto, ordenar que os humanos modificados entrem, imobilizem suas mãos e pés, então a levem para a academia, exercitem-na, mantenham-na em forma; O mais importante hoje em dia é avaliar o seu potencial e para que finalidade pode ser utilizado.

O procedimento normal prevê que, após uma manhã de trabalho na academia e na piscina, a cobaia seja alimentada, repousando algumas horas e depois solicitada a realizar um treino específico que pode ser corrida, eletroestimulação, natação ou melhorias específicas. Em seguida, um banho final, jantar e, para os espécimes mais agradáveis, uma noite com um dos membros da ilha para "alegrar" a sua estada. Obviamente, todas as sessões de treinamento de porquinhos-da-índia são supervisionadas por pelo menos cinco humanos modificados; As cobaias são sempre imobilizadas ou colocadas em locais onde não possam causar danos (como a piscina de borda alta, o caminho da ilha cercado e a academia com bares).

O deputado 231, porém, em vez de seguir o procedimento normal, deixa-se tentar, não tem paciência para esperar a noite.

"Escute, vadia, não quero que meus soldados armados prendam você, machuquem ou possivelmente a punam; você deve saber que podemos atordoá-la com armas de choque a qualquer momento para obter sua obediência, de uma forma ou de outra; então, espero que você seja suficiente inteligente o suficiente para me obedecer "

Silêncio.

"Bem, comece a correr no local."

Monica, um pouco surpresa com o pedido, apesar de ficar chateada com o orgulho de ser chamada de "vadia", começa a correr.

Seu trote no chão da sala é leve e sem dificuldade.

"Bem, levante os joelhos um pouco mais alto"

Faz.

Depois de cinco minutos de corrida leve, Monica não sente o menor sinal de cansaço.

"Levante-os mais alto"

Monica parece uma mola, não tem a menor dificuldade. É impressionante como ele combina potência com graça e elasticidade.

Suas pernas são unidas ao corpo em movimento.

Um todo perfeito.

"Pare, respire um pouco"

Monica aproveita para recuperar o fôlego (mesmo que ela não precisasse).

O membro 231 não nota uma gota de suor no rosto da cobaia.

"Flexões, Monica; comece as flexões; pés juntos e corpo reto; não pare até eu lhe dizer"

Começa.

Perfeito.

Uma instalação impressionante.

Depois de mais cinco minutos, não mostra sinais de diminuir.

O membro 231 deve ir ao banheiro.

"O capitão vai verificar se você ainda está fazendo flexões; eu já volto; ah, por favor, não pare e não desacelere, senão ... bem, vamos encontrar algo doloroso para fazer agora, vadia."

Enquanto a mulher se afasta, Monica continua com o exercício. Agora ele se arrepende de ter respondido errado à mulher no dia anterior. Mas ele sabe que agiu de acordo com seus instintos e seu orgulho permanece intacto.

O membro 231 volta do banheiro e observa a cobaia. Seu movimento é sempre regular e suave, mas a respiração começa a ficar difícil.

Depois de quinze minutos, calculando uma flexão por segundo, você terá feito quase novecentas flexões.

Ele tinha visto cobaias machos numerando três mil; em todo caso, quando chegaram a mil, seu ritmo caiu drasticamente. Monica ... bem, só um pequeno suspiro.

"Com você eu quero que a vigilância seja duplicada ... ou melhor, triplicada; Capitão, deixa virem mais dez; deve ser quinze, dos quais cinco estão armados. Droga ... Quero ver você suando, estou impaciente. Você, levanta um pouco a temperatura "

Feito.

Monica começa a se sentir cansada, o suor se forma tanto pela exaustão quanto pelo calor da sala.

Em algum ponto, inevitavelmente, ele começa a desacelerar.

O membro 231 está satisfeito com o resultado obtido.

"Bem, parabéns; levante-se"

Monica, respirando pesadamente, se levanta.

Para ela foi uma demonstração de treinamento, mas nada particularmente exigente; apenas o aumento da temperatura o incomodava.

Este é o momento que você estava esperando.

"Tire a roupa".

Relutantemente, ele o faz. Fora com a parte superior do terno.

"Completamente; eu quero você completamente nua"

Feito.

"Pernas separadas e mãos acima da cabeça."

Esta visão nunca foi vista por ela antes. Mesmo assim, em todos esses anos, ele vira muitos atletas, vários negros; o suor faz brilhar suas belas formas.

De dentro da cela, Monica faz o que lhe é ordenado para evitar retaliações imediatas, mantendo um olhar orgulhoso que testemunha seu temperamento não submisso.

A um sinal da mulher, dez humanos modificados entram na cela, imobilizando-a com alças duplas (conforme ordenado pela mulher) em uma barra com ganchos que emergem do teto da cela, os outros cinco a uma distância segura com armas paralisantes apontado.

Quando seus pulsos estão presos ao teto, Monica ainda está com as pernas livres e sabe que poderia nocautear pelo menos cinco ou seis delas; mas como lidar com outras pessoas e especialmente com homens armados? Portanto, também permite que seus tornozelos sejam amarrados ao chão. Ela agora está amarrada a X em pé.

"Puxe um pouco para cima."

O capitão opera a barra com um controle remoto, aproximando-a do teto. Quando os pés de Monica estão a dez centímetros do chão e seus movimentos são limitados a um certo balanço, o mecanismo para.

O membro 231 está pasmo.

Ele lentamente se aproxima de Monica acorrentado e a cheira.

Seu suor é agradável ao cheiro. Os seios, após o esforço, ficam com uma bela cor rosa; o peito sobe e desce mostrando toda a feminilidade animal da mulher.

Língua nas axilas. Mônica, que havia tentado permanecer imóvel para não satisfazer a mulher, estremece incontrolavelmente e puxa as alças, para apreciação do membro 231.

"Mmmm, é possível que você tenha cócegas? Veremos, veremos, talvez outro dia. Agora nos deixe em paz."

Os humanos modificados recuam. Monica se pergunta o que a mulher quer dela. Ele sabe que não deveria ter machucado o lábio dela, agora coberto com uma bandagem. Ele faz um gesto instintivo e começa a puxar as correias, que, no entanto, sendo parcialmente elásticas, absorvem seu esforço ileso e sem ceder. Então, ele teimosamente renova o esforço, conseguindo dobrar seus braços e pernas apenas o suficiente para ter mais impulso.

"Ei, pessoal, voltem aqui por um momento! Rápido"

Os humanos mod estão de volta com uma grande corrida.

"Eu quero que você adicione mais alças; é melhor você estar ultra segura, mesmo se você nunca pudesse quebrá-las de qualquer maneira, vadia."

Monica fica chateada, mas mantém seu comportamento e não mostra rejeição. Na verdade, teria sido impossível se libertar, mas a mulher tem muito medo dele, depois do chute anterior.

Agora está ainda mais apertado do que antes, as alças extras deixam você com muito pouco movimento.

"Agora você pode ir"

Agora eles estão sozinhos.

O membro 231 encara Monica por cinco minutos e permanece imóvel. Monica não fala nada e não revela emoções.

"Bem, você tem um bom temperamento, cachorro."

Monica tem um olhar orgulhoso e evita o olhar da mulher.

A respiração está mais calma agora.

"Você não fala. O que você deveria dizer por outro lado? Vadias não falam. Você poderia pelo menos se desculpar por meu corte em seus lábios, eles não te ensinaram educação?"

Silêncio.

Ao toque da mulher no abdômen musculoso, Monica dá um pulo.

"Ah, mas aí está você. Escute, atrevido, em alguns dias terei você a noite toda. Não sei de onde você vem, como você pode ser tão bonita e forte ao mesmo tempo? Às vezes eu pensei que não poderia haver ninguém assim neste planeta. Oh, mas não se preocupe. Vou fazer você sofrer. Fisicamente. E então você vai me implorar para perdoá-lo. "

Mordisque o abdômen ao redor do umbigo, lamba os seios e os mamilos. Parece um sonho. Ele morde seu mamilo esquerdo e Monica estremece, mais com orgulho do que com dor, e vira a cabeça para o lado.

"Você vai olhar para baixo e me implorar para beijá-la, dizendo que eu sou sua única Deusa na Terra."

Ele morde o mamilo com força, Monica suprime um grito, mas um "nnnggghhhhh!" escapa dele.

"Por hoje está tudo bem, mas não acaba aqui ... nos encontraremos de novo em breve; você sabe, eu tenho o comando nesta ilha esquecida pelo mundo."

Monica, ao ouvir a palavra "ilha", tem um momento de pânico. Suas chances de fuga são praticamente nulas se você estiver em uma ilha.

Por enquanto, ela está orgulhosa por não ter sucumbido à mulher.

Os humanos modificados voltam à sua rotina diária e o dia passa bem.

Sonia e Robert estão trabalhando assiduamente na máquina regenerativa.

Na prática, é um ovo gigante onde qualquer pessoa que ficar dentro de casa por cinco minutos pode se curar de todo tipo de feridas, doenças e ferimentos. Ele não pode fazer nada contra o envelhecimento normal, mas usá-lo todos os dias pode estender muito sua vida, em teoria.

Após várias tentativas com cobaias, após submetê-las a pequenos cortes, queimaduras, arranhões, Sonia e Robert foram além, submetendo as cobaias a traumas severos, entorses, mutilações parciais e depois as curaram com resultados surpreendentes. Eles agora estão concluindo testes para melhorar a confiabilidade e a eficiência da máquina.

Robert testa em si mesmo. Mesmo que ele não esteja ferido ou doente, ele o usa por dois minutos. Uma vez lá fora, parece que você acabou de acordar de dias e dias de sono, novo em folha, sua postura mais ereta, seu corpo mais tonificado. Ela se pergunta que efeito isso pode ter ... sobre ela. Sônia também pergunta a ele.

Reunião especial.

Sala de reuniões com Sonia, Robert, Julia, Samantha e Paul.

O membro 231 entra, os outros se levantam em sinal de respeito.

"Bom dia caros colegas. Hoje apresento a vocês a tão esperada Monica. Há muita curiosidade por parte de todos, homens e mulheres. Entre nós, confesso que quando a vejo sem roupa minha heterossexualidade vacila muito. Ei, olha essa gravação: depois da captura dela Eu a vi e fiquei impressionado com seu físico e também com seu rosto, então coloquei suas habilidades na ginástica à prova - ela luta, dando-lhe uma falsa esperança de escapar. Só posso dizer que ela estava desarmada. (Além de estar nua, não pude deixar de despi-la) contra dez humanos modificados armados com correntes e cassetetes ... bem, olhe ":

O filme da luta parte dos momentos iniciais em que é vista cercada, no momento do ataque, aos golpes que recebe, ela que se levanta como se nada, sua vitória momentânea. Depois da cena, o vídeo continua com a entrada das outras vinte que a pegam, não sem dificuldade, graças à rede, além da evidente superioridade numérica. A cena de luta do membro 231 é acompanhada por um "Oohhh" de espanto geral. Em seguida, ela foi amarrada à cama com alças. No final do vídeo, algumas imagens fixas destacam alguns movimentos acrobáticos quase não naturais, bem como as suas formas magníficas.

Julia e Samantha, notoriamente heterossexuais, olham uma para a outra preocupadas.

"Membro 231, você tem razão; não conheço minha colega Samantha, mas vendo um espécime assim eu consigo trocar de lado com bastante facilidade; ei, olha quando eles batem nela, ela tem um movimento louco; animal mas legal; poderoso mas sinuoso, velocidade execução quase desumana ... mmm ... quem sabe quantas coisas podemos fazer com que ele tente. "

O membro 231 intervém.

"Bem, sem mais papelada, aqui está o original."

Os humanos modificados carregam uma gaiola. Por dentro, Monica está vestindo um maiô roxo. É acorrentado nos pulsos, tornozelos e com uma coleira presa ao topo da gaiola, com pouca possibilidade de movimento. Enfaixado e com refrator na boca.

"Eu amordacei ela, ela é rebelde, não quero que ofenda meus queridos companheiros. Ela já me ofendeu, mas eu não sou suscetível ... bom, também porque sei o que a espera."

Monica percebe que está sendo observada por várias pessoas, mas finge indiferença.

Paul pega um ferrão elétrico e dá um soco na nádega direita dela, fazendo a cobaia engasgar ao começar a recuar. As correntes, embora grossas e seguras, permitem liberdade de movimento, trazendo o abdômen para mais perto da frente da gaiola; mas ali Sônia a espera, ela também com um ferrão, e acerta-a no abdômen, fazendo-a recuar.

Os outros entram no jogo e para Monica a situação torna-se "urgente" para dizer o mínimo. Eles a provocam, de cada lado da jaula, às vezes em intervalos curtos, às vezes com pausas sádicas, sem dizer uma palavra.

Os ferrões não são particularmente dolorosos, principalmente para um espécime robusto e saudável como ela, mas são muito incômodos e, acima de tudo, provocam movimentos descontrolados do corpo, oferecendo um belo espetáculo aos torturadores.

O maiô de uma peça adiciona um toque de cor à sua personalidade, mas deixa pouco espaço para a imaginação de observadores sádicos. Samantha aprecia como seu corpo, ao se mover, cria uma dinâmica muscular muito sensual, coisas que não puderam ser notadas na foto.

Depois de alguns minutos, Monica começa a ficar com raiva e a se contorcer como uma fúria selvagem, esquecendo que se propôs a conter suas emoções e frustrações para não dar satisfação a quem a torturava.

Paul sadicamente ativa o ferrão na parte interna da coxa com uma ação prolongada por alguns segundos, obtendo um grunhido abafado pela mordida. O barulho das correntes se tocando e a visão delas envolvendo aquela obra de arte viva são uma dádiva para torturadores sádicos.

Monica está exausta. Sua raiva se transforma em frustração e ela não consegue conter as lágrimas. Apesar disso, os ferrões a tocam repetidamente, inexoravelmente. Agora seu peito sobe e desce convulsivamente, fora de controle.

"Pare."

O membro 231 ordena que a cobaia seja trazida para o centro da mesa em torno da qual os colegas estão sentados.

"Caros colegas, aqui está o programa para as primeiras semanas: todas as manhãs a Monica vai treinar, vai se manter em forma de acordo com o procedimento; À tarde faremos todos os tipos de exames, principalmente a primeira semana; a noite, já imaginando que todo mundo quer ter, a primeira virada vai ser nossa ... pra ser meu brinquedinho, né puta? "

Ele a provoca novamente com seu ferrão. Monica emite um "nnnggghhhhh" de raiva, principalmente com a palavra "brinquedo", sem saber o que esperar, e começa a puxar as correntes. Por estar um pouco suado, seu corpo parece ainda mais animalesco.

"Vamos ter que preparar um calendário ... ah, supondo que eu, Robert, Sonia e Paul queiram, vocês dois, Julia e Samantha? O que vocês acham? Podem continuar com os meninos também, se quiserem ninguém te força"

"Olha, integrante 231, como eu disse antes ... acho que posso dizer com absoluta certeza que, pela primeira vez, estaremos interessados no corpo feminino; isso supera qualquer outra cobaia que já tivemos."

Dizendo isso, Samantha corre um dedo do umbigo até a axila do cão algemado, causando-lhe outra reação descontrolada e um "nnggrrrrr" engasgado.

"A cadela que late não morde; olha o corpo dela, ela parece uma selvagem"

O membro 231 continua.

"Então, na segunda Júlia e Samantha, na terça Paul, na quarta descanso (depois do Paul eu gostaria muito de ver se ele ainda está se gabando), na quinta I, sexta Robert, sábado Sonia, domingo descanso. Acho que na primeira semana poderia ser assim. Hoje vamos testar suas ... habilidades físicas, certo, cachorrinho? "

Toque, toque por trás nas nádegas com o conseqüente início de Monica.

Rotina de exercicios

"nnnggghhhhh"

Monica engasga quando os humanos modificados removem sua mordaça.

Agora está ao ar livre; pela primeira vez ele percebe que está realmente em uma ilha; a visão do mar ao redor de Monica teve um começo desesperador.

Mas agora você tem que descobrir o que está acontecendo.

Há outras pessoas vestidas como ela, até com maiôs de cores diferentes, mulheres de biquíni ou como ela de maiô inteirinho, homens, com cuecas. Eles parecem ser pessoas fisicamente fortes, atletas de vários tipos. Eles estão rodeados por humanos modificados armados, um corredor que se assemelha a uma jaula aberta. De sua posição, Monica pode ver que a gaiola do corredor continua até onde a vista alcança.

Não muito longe, um homem nu é amarrado com um X ao ar livre, a um mecanismo que gira lentamente, expondo-o totalmente ao sol. Monica enlouquece e seu sangue gela ao pensar no que eles podem fazer com ela.

O membro 231 aparece, junto com os dois idiotas e outros fora da jaula.

"Bom dia, porquinhos da índia."

"Olá, Membro 231"

As cobaias respondem em coro, assustadas, Mônica excluída.

"Eles não te ensinaram como dizer olá, vadia?"

Monica fica parada com um olhar orgulhoso.

"Você sabe que sua força aqui não vai te ajudar, certo?"

Ela acena com a cabeça e oito humanos modificados se aproximam dela dentro da gaiola com suas armas apontadas.

Monica olha para o infeliz que é mantido à força ao sol e renuncia ao orgulho.

"Bom dia Membro 231"

"Mas ei, estamos aprendendo boas maneiras; você não é tão estúpida quanto parece, vadia ..."

Monica tem um movimento instintivo de correr em direção à cerca, tateando para escalá-la e acertá-la novamente, mas assim que ela sugere um movimento, os humanos modificados bloqueiam seu caminho e apontam suas armas para ela.

Membro 231 sorri.

"Pra quem não conhece as regras - pisca para a Monica - são cinco homens e cinco mulheres, mais outros dez que acabaram de terminar, mas que não tem ideia de quanto tempo já fizeram ... você vai dar uma volta de três quilômetros. Começaremos em ordem aleatória, eles serão cronometrados. A cada volta, o homem e a mulher mais lentos irão parar e serão considerados os últimos classificados. Para o resto, novamente o mesmo, a cada três quilômetros há uma eliminação. A classificação é feita em a ordem de eliminação e depois pelos tempos Escusado será dizer que os últimos três serão usados ... para experiências desagradáveis, do sétimo ao quarto ... nada a fazer, o segundo e terceiro um dia de folga e o primeiro .. . uma semana inteira de folga "

Monica sente a tensão nos outros "concorrentes". É o quarto a partir.

Você não sabe qual estratégia adotar; ela parecia entender que todo mundo é um atleta; ele tem que competir com as mulheres, algumas das quais tinham um físico mais robusto, em corridas curtas; nestes pode prevalecer sobre longas distâncias, mas tem medo de ser eliminado nos primeiros três quilômetros. Então, sem muitos cálculos, ele se concentra em fazer parte de uma grande carreira.

No primeiro quilômetro, Monica percebe que o homem que veio atrás dela está a alcançando. Isso não deve ser problema, pois ela está competindo com mulheres, mas é a primeira vez que um homem a segue e vai ainda mais rápido do que ela; talvez os outros prisioneiros tenham sido "tirados" do mundo do atletismo; Além disso, a forma como são mantidos e treinados a cada dia pode aumentar seu desempenho. Por isso, ela começa a acelerar, um pouco assustada e temerosa pelos chamados "experimentos". O homem não se aproxima mais dela e mantém uma distância constante. No final do passeio pela ilha, ele vê a figura de um homem que quase alcançou. Ao chegar na linha de chegada, os humanos modificados são preparados e os demais com cronômetros e computadores. Após a linha de chegada, os humanos modificados o param com suas armas pontiagudas; eles imobilizam o homem à sua frente e o empurram para fora do caminho; parece que está apavorado e chorando. Obviamente, ele é o primeiro a ser eliminado e, sendo certamente o último ou o penúltimo, sabe o que esperar. Monica, pensando que não será mais uma das últimas, pega os últimos metros com uma velocidade mais tranquila para se preparar para uma prova de distância.

O momento da verdade: você passa a meta ... você não vê nenhum movimento específico, pode continuar. Agora você entende a crueldade do jogo: ter que correr sem referência e sempre no seu melhor. A correria do final da volta a cansou um pouco, mas ela recupera as forças e a consciência por pensar em todos os treinos que fez no passado, e por pensar que ela, afinal, é Mônica G. Com sua respiração ele se recupera e começa a acelerar o passo. Depois da segunda volta ela ainda está na corrida e isso a consola dado o medo de que ela escapasse do que poderia acontecer com ela; Além disso, o homem que a estava alcançando não está mais se aproximando dela, um bom sinal. Agora ele chega perto da ideia de poder ganhar pelo menos um dia de liberdade.

Pobre ingênua, Monica não percebe o que está acontecendo na zona do contra-relógio. O integrante 231 olha os dados de tempo sem acreditar junto com os demais: Depois de uma primeira volta em linha com as outras cobaias, Monica foi a mais rápida no segundo turno, ainda à frente dos homens; Na terceira volta é o único que baixou os tempos em vez de os aumentar; seu ritmo é admirado por todos: uma excelente carreira, que não parece lhe causar o menor cansaço; só depois dos primeiros seis quilômetros você começa a ver o suor em seu corpo magnífico, que embeleza suas formas já esplêndidas e esguias. O membro 231 se dirige a seus colegas:

"Como vocês podem ver, o que se fala dela parece ser verdade, pelo menos na corrida; por ser um exemplo além de todos os parâmetros, então ela vai competir na piscina, apesar dos procedimentos que proíbem duas corridas no mesmo dia; aqui ela poderia facilmente vencer, mesmo sem ficar muito cansada, mas vamos fazê-la acreditar que terminou em quarto lugar ... não há como dar a ela um dia de folga, estou ansioso para tentar.

Na quarta volta, Monica sente os primeiros sinais de cansaço, mas a sua corrida está a correr bem e vê a possibilidade de merecer um merecido descanso.

Mas na quarta volta eles a param, com um pouco de espanto: será que alguém foi mais rápido?

"Bem, vadia, como o primeiro dia não é ruim. Por um fio de cabelo você não terminou em terceiro ... paciência, será para outra hora"

Eles a imobilizam e levam para dentro do centro de detenção, para sua cela. Água à vontade e alguns suplementos alimentares.

Após quinze minutos de repouso total, Robert e Sonia se aproximam da cela sozinhos.

"Olá, Mônica"

Robert começa.

Sônia observa, sem cumprimentá-la, o corpo da cabeça aos pés em seu maiô inteiriço.

"Cuidado vadia"

Robert sorri.

Monica, apesar dos dezesseis quilômetros a uma velocidade vertiginosa, ainda tem alguma energia. Ele se joga com toda a força no vidro, chuta e dá socos, grita e se lança contra os dois ex-companheiros.

"Droga! O que você quer de mim? Eles nunca vão me pegar, mas eu vou me matar primeiro! Você entende, seu monstro da natureza? E seu psicopata? Você nunca vai me ter!"

Em resposta, Sonia vira o interruptor que aumenta a temperatura, com a célula dividida em duas partes e a água fluindo de um chuveiro.

Monica começa a suar, o calor fica insuportável depois de alguns minutos.

Sonia se volta para o assustado Robert:

"Não se preocupe, ela ama demais a vida para se suicidar, uma coisa são as palavras ditas por uma fera furiosa, uma coisa é ser morta a sério ... você sabe, eu a conheço ... bem, intimamente"

Monica, ao sentir a temperatura subir novamente, percebe que a batalha está perdida.

"Ok, isso é o suficiente, farei o que você quiser, apenas me diga como acabar com isso"

"Preste atenção vadia"

Monica o faz, com lágrimas nos olhos.

Sônia aperta um botão, abaixa o fogo, levanta a grelha e Monica vai para a água.

"Alto"

"Mas como eu não fiz o que você queria?"

"Ainda não vadia; você tem que se trocar para a próxima corrida; tire o maiô."

Monica faz isso com relutância.

"Coloque seu maiô na fenda. Ótimo. Agora vire-se para nós, ajoelhe-se e coloque as mãos na cabeça."

Do vidro, Robert e Sonia olham para o prisioneiro ajoelhado.

Robert intervém, até aquele momento tinha ficado à margem deixando as rédeas do jogo para Sônia.

"Eu prefiro que você fique de pé ... vadia"

Monica fica vermelha; Até aquele momento, Robert parecia amigável.

Robert, você não pode reprimir um sorriso sádico. Ele está superando sua timidez em relação ao seu antigo amor. Agora ela está nua, de pé e à sua mercê. Você pode ver seus músculos em cada centímetro, seu peito latejando. A força física da cobaia é inútil contra os sistemas de contenção da ilha, o contraste entre ela e as duas é ainda mais acentuado por sua nudez e pelo fato de ela os dominar em estatura.

"Bem, bem, em breve poderemos estudar seu corpo e sem pressa, agora vire-se, mostre-nos sua bunda firme"

Monica surpresa se vira com toda sua majestade. Visto por trás, destaca a firmeza das pernas longas, nádegas e costas. Os músculos do braço vistos por trás são uma escultura viva e se movem como flechas.

"Abra as pernas e incline-se para frente, agora, apoiando os braços no chão"

Monica sente-se corar ao sentir um objeto frio como o chão em suas mãos.

No momento em que se inclina, ele se sente vulnerável à visão de ambos em toda a sua privacidade. Os seios abundantes se destacam entre as coxas, as pernas são retas graças a uma flexibilidade incomum. Os dois ficam sabendo que em breve estará totalmente disponível.

Monica, naquela posição, após intensa atividade física e cansaço, sente um calor estranho vindo do estômago; uma estranha sensação de prazer toma conta dela.

"Como é possível?"

Ambos se perguntam.

Sonia e Robert se entreolham meio surpresos, quase lendo a mente um do outro, presos pela dúvida de um possível gosto de sua parte.

Sonia intervém

"Bem, você pode ir se acalmar."

Em vez de ficar aliviada, Monica fica quase relutante em deixar o posto, mas rapidamente descarta a ideia e se dirige para o rio, se refrescar.

Fantastic Girl

O próximo teste é feito de biquíni, com top vermelho e calcinha azul, do tipo bem contida, deliberadamente apertada para destacar os seios e mamilos que, graças ao ar puro, ficaram bem evidentes.

Fica em uma piscina com borda de dois metros de altura, para evitar qualquer tentativa de fuga. Há homens e mulheres como na corrida anterior, as regras são as mesmas, com as voltas cobertas como parâmetro.

Após dez voltas, a primeira é eliminada. Uma mulher, assustada com a perspectiva dos experimentos que iria fazer, tem a ideia doentia de tentar escapar assim que sair da piscina. Sendo fisicamente muito forte, ela consegue derrotar seis humanos modificados, apesar das algemas em seus pulsos, antes de ser atordoada pelas armas estranhas.

Monica não para por muito tempo e tenta dar o seu melhor, apesar da corrida de 16 quilômetros que acabou de fazer. A natação é uma das coisas que ele faz melhor.

O integrante 231 observa os horários como de costume e percebe a mesma tendência que já estava evidente na corrida: a menina parece melhorar com o passar do tempo. Também aqui, após o início tranquilo, ela passa a ser ainda mais rápida que os homens. E mesmo aqui, decidiu-se "conseguir" a sua quinta, apesar da clara possibilidade de a poder ver no topo do pódio, ainda melhor do que os homens já depois da primeira corrida.

Monica está, mesmo aqui, um pouco surpresa, mas por enquanto ela está contente por não ter ficado nas três últimas colocações.

Mas a ideia de escapar veio a ele depois de ver a tentativa do nadador anterior.

Ele percebeu que ao lado da piscina há um local de helicóptero e talvez ...

Essa ideia a deixa encorajada e aproveitando a fila que vai ser feita com os nadadores e antes que a acorrentem novamente, ela vai aproveitar a última oportunidade que acha que pode ter diante do que a espera de noite com o integrante 231, para tentar ir para o helicóptero.

Ela derruba os dois humanos modificados que a cercam e vai direto como uma flecha em direção ao Membro 231, que é surpreendido pela reação rápida da mulher.

Neste momento ela está se tornando uma Fantastic Girl novamente.

Ele aproveita uma estaca que pega do chão e com sua ajuda a planta no chão e com um salto incrível passa por cima dos guardas que o Membro 231 mandou em sua captura após a primeira reação surpresa, e cai ao lado dela , dando-lhe um novo chute no rosto e imobilizando-a.

"Como alguém se aproxima de mim, eu a mato aqui mesmo, droga!

O membro 231 gesticula para que os humanos modificados fiquem longe.

"Agora o que você vai fazer, vadia? Eu estava começando a gostar de você, mas depois disso você vai sofrer mais do que pode imaginar, vadia "

"Cale a boca, droga, ou vou quebrar seu pescoço agora mesmo, vamos com calma para o helicóptero ..."

O membro 231 percebe que existe uma possibilidade real de que seu plano funcione mantendo-a como refém e o quão forte ela é, mesmo após dois testes exaustivos....

Então tente distraí-la ...

"Olha... lá estão Sonia e Robert, não quer contar uma coisa para eles?

Monica olha por um momento onde o integrante 231 aponta para que ela aproveite para tentar fugir, mas a força com que a segura é tanta que Monica percebe imediatamente a manobra e dá um soco no estômago.

"A próxima vez que você quiser tentar me enganar eu vou te matar, vadia. Onde está o piloto do helicóptero? Chame-o para vir e prepará-lo "

O integrante 231 obedece, então em poucos instantes uma pessoa vestida com roupas militares aparece ao lado do helicóptero e entra para colocá-lo em operação.

Nisso Sonia e Robert já estão ao lado deles com rostos difíceis de decifrar, mas parecem confusos.

"Membro 231 o que está acontecendo aqui?"

Monica olha para eles com tanto ódio que eles recuam, mas não o suficiente ...

Mesmo com o membro 231 apoiado em um braço, Monica lança uma perna mortal em direção a eles acertando Sonia diretamente no pescoço. Este cai no chão, morto no local.

Robert fica paralisado de surpresa e horror ao ver seu amigo cair morto, permitindo que Monica lance outro chute nos genitais dele desta vez com uma força sobre-humana que Robert solta um grito desumano de dor e se esfrega nele. chão.

"Isso é para fazer seus ovos pararem de funcionar para sempre, seu sádico de merda"

E com um movimento rápido ele entra no helicóptero, que já está em andamento, atrás do membro 231 que ele empurrou para dentro.

"Bem, você pode imaginar o que eu quero, então peça!"

"Piloto, vamos para o continente"

O helicóptero começa a subir permitindo que Monica respire novamente, ela percebeu que já estava prendendo a respiração há muito tempo, e começa a perceber que estava saindo daquele inferno.

Quando o helicóptero já está sobrevoando o mar a poucos quilômetros da ilha, Monica, Fantastic Girl, recorre ao integrante 231 ...

"Vadia, foi um prazer conhecê-la ..."

E joga no mar ...

O JOGO DE DESPIR

123

Paul e eu tínhamos ido a uma festa oferecida por amigos dele.

Ele não conhecia quase ninguém, mas eles pareciam um grupo legal.

Paul se desculpou e começou a conversar com alguns companheiros de equipe que não via desde o final da corrida, então fiquei sozinho.

Eu me servi um pouco de sangria e comecei a beber calmamente, procurando por alguém que eu conhecia.

Todos estavam ocupados conversando com alguém e ele não queria interromper nenhuma conversa.

De repente, vi algumas pessoas deslizando pela porta no fundo da sala.

Em pouco tempo, mais três pessoas entraram também.

Depois, mais um.

Isso foi demais para minha curiosidade, então decidi ver o que estava acontecendo ali.

Abri a porta e vi um grande grupo de pessoas olhando para o centro da sala.

Fiquei na ponta dos pés para ver o que eles estavam olhando e descobri um menino de vinte e poucos anos sentado em uma mesa com uma caixa cheia de cartinhas na mão.

As pessoas riam sem parar e isso despertou minha curiosidade ainda mais.

Decidi pedir a alguém para descobrir.

Eu bati no ombro de uma garota na minha frente.

"Oi, desculpe. O que é tudo isso? Eu perguntei, levantando minha voz acima do riso.

"Estamos jogando" Você ousa? " "Ele respondeu" Você quer jogar?

"Não sei jogar", disse eu.

"Não importa, eu vou explicar para você agora", ele exclamou.Você verá como é fácil. Quando chegar a sua vez, você deve escolher uma carta da caixa que o 'moderador' do jogo carrega, que é o menino da mesa. Há um "desafio" escrito no cartão que você deve enfrentar. Se você decidir não cumprir, deverá pagar uma promessa. Você deve tirar algumas roupas.

" Entendo. É por isso que tem aquele ali sem camisa "falei apontando para um homem que ria. "

"É isso", ela respondeu "É que estamos jogando há um tempo. Além disso, existem outros que já pagaram o penhor. Aquela garota já está de calcinha e eu tive que tirar os sapatos. "

Eu olhei para seus pés e vi que ele estava falando a verdade.

Eu sorri, agradeci a ele e saí da sala.

Procurei Paul para perguntar se ele queria entrar e brincar comigo.

"Não, querida", ele respondeu "Veja se você quiser, estou conversando com alguns amigos da universidade."

Eu entrei sozinho.

Eles me disseram que, para entrar no jogo, eu precisava primeiro avisar o moderador.

Eu fiz isso e quando chegou minha vez, tirei um cartão.

"Com uma venda, beije três membros do sexo oposto e então adivinhe quem é quem."

Eles escolheram três homens e me vendaram.

O primeiro parecia querer atingir minhas amígdalas com a língua.

O segundo usou menos sua língua, mas passou quase um minuto esfregando minha bunda enquanto me beijava.

O terceiro também usou muito a língua e não só esfregou minha bunda, mas também acariciou meus seios.

Eu os deixei fazer isso porque se eu tivesse impedido qualquer um deles, eles teriam me eliminado.

Tirei a venda e acertei os três, um para a barba e os outros dois para a altura.

Quando chegou a minha vez de novo, já havia uma mulher de sutiã e calcinha e um homem de cueca.

Peguei um novo cartão.

"Você terá que mostrar sua cueca para quem pode combinar sua cor. Três pessoas podem testar."

Que má sorte! Ela estava usando uma cinta-liga e calcinha preta combinando.

Certamente alguém pensaria em dizer essa cor.

Mas o pior é que a calcinha era transparente e dava para ver tudo através dela.

Por que eu não teria usado a calcinha marrom?

Eles escolheram três outros homens.

O primeiro disse que não estava usando nada.

Eu ri e disse a ele que ele havia falhado.

O segundo disse que era preto.

Bingo! Você acertou!

Eu disse a ele para se virar e levantar meu vestido para que apenas ele pudesse vê-la.

Ao me ver, ele assobiou agradecido.

O moderador do jogo disse que desde que eu havia perdido tive que tirar uma peça de roupa.

Com um gesto sensual coloquei as mãos sob a saia, baixei a calcinha e pendurei no cabide com o resto da roupa que as outras já haviam tirado.

No turno seguinte, dois homens perderam as calças e uma mulher o sutiã, e duas pessoas deixaram o jogo com apenas dez restantes.

A mulher de topless lembrou ao grupo que eu não tinha feito o mesmo número de testes que o resto das pessoas e sugeriu que eu tivesse dois testes extras para me colocar no mesmo nível que os outros.

As pessoas ignoraram meus protestos e votaram rapidamente para me dar dois testes extras seguidos.

Peguei o primeiro cartão.

"Tire o sutiã sem abrir os botões do vestido ou da blusa."

Quando meu sutiã abriu na frente, eu o abri sem nenhum problema e passei um lado sob cada um dos meus braços.

Enquanto isso, todos estavam olhando para mim e ouvi algumas pessoas comentarem que tudo era transparente para mim.

O moderador disse que uma das regras do jogo proibia o uso de qualquer vestimenta novamente.

Peguei um novo cartão.

"Escolha três pessoas do mesmo sexo com o jogo de palha. Beijo francês aquele que dura pelo menos um minuto."

Eu quebrei três fósforos, misturei com alguns outros e os distribuí para que cada mulher pudesse escolher um.

Quem acertasse um dos três fósforos quebrados receberia um prêmio.

Joanna, uma garota ruiva na casa dos vinte anos, um corpo com curvas perfeitas e um pouco mais baixa do que eu, foi a primeira a puxar uma delas.

Ele riu e disse que sempre tinha sido bom naquele jogo.

Ele me fez sentar de joelhos e o moderador me lembrou que se eu interrompesse o beijo perderia o desafio.

Joanna começou a me beijar com muita determinação e, sabendo que eu não tinha nada por baixo da roupa, primeiro acariciou meus seios e depois deslizou a mão por baixo da saia, deixando-a logo acima do púbis, brincando com meu clitóris.

Eu suportei o beijo, mas não pude continuar sentada com aquelas mãos experientes no meu clitóris.

Habilmente, ele me fez chegar ao orgasmo, enquanto eu me contorcia de joelhos.

Quando interrompi o beijo, o grupo bateu palmas e vi que se passaram seis minutos.

Joanna ainda manteve a mão na minha boceta latejante por um momento e então me levantei.

No entanto, ele não parou de pressioná-lo até que dei alguns passos para longe.

Minha respiração estava acelerada e comecei a esperar minha vez de voltar.

Um homem perdeu sua cueca boxer revelando um pau grosso e duro.

Uma segunda mulher perdeu o sutiã.

A mulher que não tinha mais sutiã perdeu a saia, sem deixar nada.

Eu me perguntei o que aconteceria se eles perdessem novamente.

Paul escolheu esse momento para entrar na sala.

O moderador perguntou se ele queria ficar.

Ele deu uma olhada nos seios das duas mulheres e não hesitou em dizer que sim.

Disseram-lhe que teria de aceitar cinco desafios se quisesse ficar.

Ele puxou seu primeiro cartão.

"Com uma venda, beije três membros do sexo oposto e então adivinhe quem é quem."

Eu era a segunda e Joanna a terceira.

Esfreguei Paul como a primeira mulher tinha feito, esfregando seu pau através de suas calças.

Joanna fez melhor, puxando para baixo a braguilha e enfiando a mão dentro.

Paul não me bateu (ele pensou que eu era o número um).

Ele perdeu quatro das cinco peças de roupa por ficar ali de cueca, com uma tremenda ereção lutando para se libertar.

O moderador anunciou que as coisas já haviam ido longe o suficiente e que era hora de tirar as cartas mais fortes.

Eu peguei o primeiro.

Eles me vendaram e colocaram três galos em minhas mãos.

Ele tinha que adivinhar a quem cada um pertencia.

Incrivelmente, fui incapaz de distinguir o de Paul dos outros.

Com todas as pessoas na sala assistindo, tirei minha blusa.

A mulher que já estava nua da rodada anterior perdeu o desafio e todos os homens puxaram um canudo.

O moderador disse à mulher que ela teria que sentar no pau de quem tirou o canudo mais curto por pelo menos cinco minutos.

Eu a observei sentar em cima do vencedor enquanto ele cuidadosamente enfiava seu pau em seu buraco gotejante, me perguntando se minha punição seria a mesma se eu ficasse nua.

O moderador começou a contar o tempo.

Ela tentou se comportar como nada, como se ao não se mexer fosse nos convencer de que não estava sendo fodida ali no meio de todos, mas os movimentos lentos com que o homem a penetrava faziam, depois de cerca de três minutos, começar a reagir.

Estava começando a entrar no assunto quando o moderador disse que o tempo havia acabado e a fez se levantar, ao que ela se recusou, agarrando-se com força ao dono do pau que tanto lhe dava prazer.

Todos rimos daquela reação divertida, enquanto Joanna e o moderador tentavam tirar aquele membro ereto de sua boceta faminta.

Eles mal conseguiram.

O próximo fui eu.

"Olhe para os seios de três mulheres e depois, com os olhos vendados, identifique-os tocando-os apenas com a língua."

Joanna rapidamente se ofereceu como voluntária, assim como outras duas mulheres.

Olhei para seus seios, medindo seu tamanho e características, e então eles me vendaram.

Minha língua se revezava explorando cada um dos seios.

Ocorreu-me que se eu os lambesse avidamente, eles acabariam emitindo algum som de prazer que me ajudaria a saber quem era cada um.

A segunda ficou em silêncio até que meus dentes roçaram seu mamilo e ela não pôde evitar um gemido de prazer.

O terceiro gemeu na primeira lambida.

Eu disse que Joanna era a primeira, e então quem ela achava que as outras duas eram.

Eu acertei

Já acreditava que o desafio tinha passado quando o moderador disse que ele tinha que cumprir um castigo.

Ele percebeu que havia usado os dentes em um deles.

Ele me disse para tirar minha saia.

Ele ia dizer para continuar me despindo, mas parou quando viu minha quente cinta-liga vermelha e preta.

Ele me disse que eu poderia continuar de saia, mas que a partir de agora teria que cumprir as mesmas penalidades que os jogadores que já estavam nus.

Ele enfiou a mão na caixa de punição e tirou um cartão.

Ele não me mostrou, mas pediu que as três mulheres restantes lessem.

Eles se aproximaram de mim, me circundaram lentamente e me carregaram para a cama.

Joanna sentou-se nela e as outras duas me colocaram de joelhos.

A mulher cujo mamilo foi mordido posicionou-se perto da minha cabeça para que meu rosto descansasse em sua boceta.

Ele segurou meus braços para que eu não pudesse me mover.

O outro segurou minhas pernas e começou a brincar com minha buceta.

"Você viu como ela está molhada, Joanna? "Eu o ouvi dizer.

Enquanto isso, ele começou a tocar meu clitóris com um dedo e explorar meu interior com outro ao mesmo tempo.

Involuntariamente, meus quadris começaram a se contorcer nos joelhos de Joanna.

De repente, isso me atingiu com força.

Não reclamei, pois temia perder o castigo.

Isso me atingiu mais algumas vezes e finalmente parou.

"Quantos houve? "me pergunto.

"Não sei" respondi assustada.

"Então vamos começar de novo", disse ele.

Joanna continuou me chicoteando forte enquanto minha buceta era explorada pela outra garota.

Desta vez, olhei para contar as palmadas.

Quando ele tinha vinte anos, ele parou e olhou para a mulher segurando meus braços.

"Ele já começou a lamber você? "te pergunto.

" Não respondo.

"Vamos começar de novo", exclamou Joanna.

Rapidamente enterrei meu rosto naquela bucetinha que pertencia a uma mulher que, como você já deve ter percebido, nem sabia o nome dela.

Joanna continuou me batendo cada vez mais forte.

Por fim, ele parou.

Eu tinha contado 23 chicotadas desta vez, embora eu receasse ter perdido algumas.

"Quantos são? Ele me perguntou novamente.

"Vinte e cinco" eu disse para ter certeza.

"Não, você terá que fazer melhor" disse Joanna "Vamos começar de novo.

O resto do povo aplaudia e festejava incessantemente, mas não eu, mas meus torturadores.

Eu também ouvi Paul parabenizar Joanna pelo show que ela estava me fazendo apresentar.

Durante todo esse tempo, as mãos que brincavam com minha boceta não diminuíram nem um pouco.

Eu já tinha perdido a conta dos meus orgasmos (houve pelo menos cinco), e a julgar pelo número de vezes que a mulher que eu estava comendo sua boceta agarrou minha cabeça, ela teve pelo menos três.

Joanna parou os golpes mais uma vez.

"Quantos são? "me pergunto.

"Vinte e cinco" eu disse novamente, me preparando para uma nova surra.

"Certo" ele disse sem mais delongas.

Então, dirigindo-se à mulher em minha cabeça, ele perguntou:

"Virgínia, isso a satisfez?

"No momento sim" Eu ouvi sua resposta "A menos que ela cresça um pau ..."

"E você, Julia? Ele perguntou a quem estava explorando minha boceta.

"Sim" ele respondeu com a respiração pesada "Para mim, tudo bem."

Comecei a me levantar, mas Joanna me impediu e me fez deitar.

"Eles podem ser feitos, mas eu não" me disse "Agora você deve contar os próximos dez golpes para que todos nesta sala possam ouvi-lo. Então você vai me beijar, as bucetas de Virginia e Julia como uma forma de agradecer a você por quanto você se divertiu conosco. "

Eu aceitei.

Ele levou mais de um minuto para me bater dez vezes.

Então beijei a buceta de Virgínia sem nem me levantar e agradeci.

Levantei-me e beijei a bucetinha da Julia e agradeci também, deixando a Joanna para o fim.

A comida de buceta que dediquei a ela durou cerca de três minutos, até que finalmente a senti gozar.

Então eu também agradeci a ele.

Enquanto ele fazia isso, percebi que ele quis dizer o que estava dizendo.

A experiência foi muito gratificante.

Agora era a vez de Paul ...

Paul escolheu um cartão de desafio e eu poderia dizer pela expressão em seu rosto que ele não tinha obtido o que esperava.

"Usando apenas a boca e com os olhos vendados, identifique os pênis de três homens."

"Não vou fazer isso", disse ele, virando-se para mim.

"Espere um minuto" eu respondi um pouco irritado "Você se divertiu muito vendo como eu estava andando com três mulheres e agora você não quer fazer isso. Eu acho que você está sendo injusto. "

"Mas, é isso ..." ele começou a dizer "É que eles são ... idiotas !!"

"Vamos" eu disse, vendo que já o estava convencendo "Nada vai acontecer com você se você fizer isso, não vai te fazer mal. Além disso, pense na punição que o moderador vai lhe dar se você recusar. "

Não tenho certeza de qual dos meus argumentos finalmente conseguiu convencê-lo, a questão é que, depois de pensar por mais um momento, ele anunciou que ia tentar.

Eu olhei atentamente para os três galos expostos diante de Paul.

Ele estava com os olhos vendados e tremia da cabeça aos pés.

Tentei animá-lo, dizendo-lhe que isso estava me excitando tremendamente, o que era totalmente verdade.

Por fim, ele se decidiu e começou a enfrentar o desafio.

No final não foi tão ruim, acabou em menos de um minuto e acertou apenas um.

O moderador me pediu para ajudá-lo a escolher a punição.

Com os olhos ainda vendados, eles o fizeram sentar na beira da cama.

As mulheres ainda na sala se despiram.

A partir daquele momento, as roupas não serviriam mais de punição.

Cada um deles sentou em seu pau duro por exatamente um minuto.

Eu era o quarto e Paul me reconheceu pelas meias que eu ainda estava usando ou talvez outra coisa.

Ele me implorou para ficar mais um pouco, o tempo suficiente para gozar.

Eu dei a ele um beijo que desentupiu sua garganta e sentei nele por mais alguns momentos enquanto seus quadris me empurravam uma e outra vez, tentando atingir o orgasmo rapidamente.

Eu não permiti.

No final do dia foi um castigo, então me levantei deixando-o no meio do caminho.

Joanna foi a última a inserir seu pênis.

Ela o excitou impiedosamente e também o deixou antes que ele viesse.

"Se precisar que eu escolha outro castigo, não hesite em me consultar", ofereci ao moderador, enquanto Paul se levantava e tirava a venda, exausto.

"Não se preocupe" ele sorriu para mim "A partir de agora vamos escolher entre os dois."

Eu vi Joanna pegar a próxima carta.

Ele leu para si mesmo e parecia divertido.

Pedimos a ele para ler em voz alta e ele o fez.

"Escolha três homens e toque em seus pênis. Então, com os olhos vendados, sente-se neles e identifique seus donos."

Ela caminhou pela sala e escolheu dois homens, estranhamente, aqueles com os pênis maiores.

Quando ela alcançou Paul, ela parou na frente dele e gentilmente pegou seu pênis.

Paul deu um passo à frente, feliz porque agora teria a chance de terminar o que não havíamos deixado antes.

Mas Joanna a soltou, sorrindo cruelmente.

"Por enquanto você já teve o suficiente", disse ele "Se você for bom, talvez eu o escolha para outro jogo."

E ela se afastou dele, deixando-o com um pau duro e uma carranca desapontada no rosto.

Eu não pude deixar de sorrir.

Isso o serviu bem.

Joanna escolheu o terceiro e o trouxe junto com os outros dois.

Ela tocou cada um dos pênis até que eles estivessem duros e quando ela terminou, ela estava com os olhos vendados.

Então ele se empalou em cada um deles, sem dar a nenhum dos três a chance de gozar.

Ela gozou com força no terceiro pau.

Incompreensivelmente, nenhum deles estava certo.

Todos percebemos que falhei de propósito, até o moderador que me chamou para deliberar.

Por fim, encontramos um castigo de acordo com a personalidade de Joanna, embora no fundo todos soubéssemos que mais do que um castigo, era um presente para ela.

Amarramos Joanna à cama de bruços, de modo que sua cintura ficasse dobrada na beirada, deixando-a de joelhos com o traseiro exposto a todos nós.

A punição consistiria em cada homem fodê-la por trás por exatamente um minuto.

Eu estaria ao lado dela para apresentar cada um dos galos a ela.

O moderador levaria tempo.

Um gesto seu seria o sinal de que o tempo havia acabado e que deveriam remover seu pênis.

Se eles recusassem, eu seria o encarregado de retirá-lo à força (levando-os pelos ovos se necessário).

Aproximei-me de Paul e disse algo em seu ouvido.

Então eu tomei meu lugar.

Agarrei o primeiro dos seis galos que iriam entrar no buraco de Joanna com as duas mãos.

"A ponta está um pouco seca" menti, pois tudo isso estava me deixando com mais tesão "Acho que vou ter que umedecer com a língua."

Fiz isso, recriando mais do que o necessário, o que me rendeu uma reprimenda do moderador.

Então, eu o apresentei habilmente.

Assim que Joanna começou a se mover no ritmo do parceiro, o moderador me deu o sinal para parar.

Eu agarrei seu pau suavemente e puxei-o para fora rapidamente.

Umedeci também o segundo com a minha boca quente, pois, como disse, era 'necessário'.

Quando eu coloquei, seu pau começou a se mover para dentro e para fora na velocidade da luz.

Apesar disso, eu a puxei para fora antes que ela pudesse alcançar qualquer satisfação.

A terceira e a quarta passaram da mesma maneira.

O moderador foi o quinto.

Eu olhei para seu pau e balancei minha cabeça lentamente.

"Acho que vou ter que molhar esse pau também", disse maliciosamente.

Coloquei na boca e comecei a lamber e chupar como se não houvesse mais ninguém na sala.

Dediquei mais tempo a ele do que a qualquer outro.

Por fim, ele me parou com a mão.

"Eu acho que já é o suficiente", disse ele, ofegando de entusiasmo.

"Tem certeza que quer que eu pare? Eu perguntei sensualmente.

"Por enquanto sim" ele me disse "Mais tarde, posso deixá-lo continuar.

O moderador demorou exatamente um minuto e foi o que mais se aproximou de gozar, por causa da empolgação que comer meu pau havia causado nele.

Paul foi o último.

Joanna empurrou os quadris com força contra os dois últimos pênis, tentando chegar ao orgasmo, mas sem sucesso.

Decidi que a faria sofrer um pouco mais antes do último ataque.

Eu lentamente separei os lábios de sua buceta com a desculpa de que desta forma o pau entraria mais facilmente.

Isso fez Joanna estremecer de prazer.

Então meu dedo deslizou por todo seu clitóris, excitando-a ainda mais.

Achei que já era o bastante e deixei Paul se aproximar.

Ele a empurrou, já que a boceta de Joanna estava mais do que lubrificada.

Ele começou a dar estocadas poderosas como os outros tinham feito, mas depois do quarto, eu tirei dele e o fiz enfiar na bunda.

No final do minuto de rigor, o moderador me deu o sinal para retirá-lo.

Joanna empurrou para trás com os quadris para tentar manter o membro inchado no lugar, mas não teve sucesso.

O moderador olhou para mim.

"Agora vamos votar para decidir a punição que vamos impor a você", disse-me ele, falando em voz alta para que o mundo inteiro pudesse ouvi-lo.

" Punição? A mim? Mas porque? Eu disse incrédulo.

"Por ter mudado as regras do jogo anterior" ele respondeu "Os pênis só podiam entrar na buceta e não no cuzinho. Além disso, você não podia comer todos os galos sem minha permissão ".

Ninguém votou contra.

Enquanto isso, observei Joanna rolar de costas, a mão flutuando lentamente para o clitóris faminto.

O povo havia tomado uma decisão.

"Vamos vendá-lo e depois todos faremos o que quisermos sem que você saiba quem fez o quê" exclamou o moderador, sorrindo.

De repente, alguém colocou uma venda nos meus olhos e várias mãos me empurraram para a cama.

Um segundo depois, um pau entrou na minha boca e comecei a chupá-lo avidamente.

Um segundo pau cavou em minha boceta pingando, mas depois de quatro estocadas, ele saiu.

Então, eu senti como se alguém separasse minhas nádegas e imediatamente depois, outro pau (ou talvez o mesmo) entrou na minha bunda com um único empurrão.

Eu queria gritar, mas o pau que havia enterrado em minha boca me parou.

Eles lentamente me colocaram de lado, para que nenhum dos pênis que estavam me fodendo nem as duas bocas que estavam começando a chupar meus seios se afastassem de seus alvos.

Reparei que pelo menos um deles era de mulher, porque a pele do rosto era muito macia, sem vestígios de barba.

Várias pessoas se aglomeraram ao redor do meu sexo e tentaram me penetrar.

Depois de uma leve luta, um deles conseguiu.

Tal foi a luta que se formou entre as pessoas entre as minhas pernas, que eu senti como se várias pessoas estivessem me fodendo ao mesmo tempo.

Foi como se todas as pessoas tivessem ficado em cima de mim.

O pau na minha boca entrava e saía dela implacavelmente, enquanto o pau na minha buceta continuava bombeando, mas com alguma dificuldade.

O que estava na minha bunda ainda me penetrou, mas parecia que a maior parte do estímulo de seu dono veio de meus esforços para conter as investidas de todos os outros.

Aparentemente, as duas pessoas que estavam chupando meus seios decidiram me excitar e me estimular o máximo que eu pudesse aguentar.

A verdade é que eu estava feliz por estar com os olhos vendados, para que pudesse me concentrar totalmente no que eles estavam fazendo comigo.

Ver o que estava acontecendo só serviria como uma distração.

Uma das meninas pegou minha mão, colocou em sua buceta e começou a se esfregar com meus dedos, usando-os para se masturbar.

Ela estava tão confusa com tudo que não conseguia reagir.

Era como se eu tivesse me tornado um objeto, como se tivesse sido privado de minha vontade.

O pau na minha boca começou a latejar.

Segundos depois, um jato de leite subiu pela minha garganta.

Tentei engolir tudo, mas um pouco caiu pela minha bochecha.

Antes que eu pudesse me recuperar, eles colocaram uma xoxota no lugar, que comecei a lamber sem demora.

Aparentemente, os dois que estavam fodendo minha boceta e minha bunda encontraram um ritmo comum.

Com suas estocadas, eles me fizeram gozar.

Eu estava no meio do meu segundo orgasmo, quando ouvi um grito e o homem que dirigia minha boceta gozou.

Então, quando ele se retirou lentamente, senti seu esperma começar a fluir lentamente para fora do meu buraco.

Seu parceiro, totalmente dedicado à minha bunda, continuou bombeando ainda mais forte.

Um rosto apareceu na minha buceta e começou a lambê-lo apaixonadamente.

A sensação de ser fodido na bunda enquanto outra pessoa estava comendo minha boceta era nova para mim.

Comecei a gozar novamente.

Alguém começou a puxar meu cabelo.

Apesar da dificuldade, tentei seguir obedecendo às exigências da bucetinha que estava no meu rosto.

Um novo pau apareceu na minha mão e comecei a mexer para cima e para baixo.

Uma das bocas que estava em meus mamilos desapareceu, tomando seu lugar um par de mãos fortes que começaram a esfregar meus seios, amassando-os como se fossem massa de pão.

"Acho que essa garota quer apanhar algumas vezes", disse uma voz à minha direita que não consegui descobrir de quem era.

A boceta que eu estava chupando pressionou ainda mais perto do meu rosto.

Eu lambi o melhor que pude.

Suas coxas esmagaram minha cabeça quando alcancei o orgasmo.

Rapidamente, um novo pau o substituiu e abriu caminho em minha boca.

Imaginei uma fila de pessoas fazendo fila em cada uma das minhas atrações, esperando sua vez.

Percebi que havia perdido toda a conexão entre aqueles órgãos sexuais e as pessoas a quem eles estavam ligados.

A venda havia tirado tudo, exceto minha capacidade de sentir o que estava acontecendo.

Tive de admitir que, desde o momento em que entrei naquela sala, estava secretamente esperando que algo assim pudesse acontecer.

A verdade é que, desde que Joanna despertou meu clitóris pela primeira vez com os dedos, ela estava em um estado de excitação constante.

Aparentemente, o homem que estava me fodendo finalmente havia chegado a um ponto sem volta.

Ele agarrou meus quadris e assumiu o comando de meus movimentos.

Segundos depois, eu senti como grandes jatos de sêmen foram lançados de seu pau em minhas entranhas.

Então ele se deitou ao meu lado e eu senti seu pau amolecer, saindo lentamente da minha bunda.

Imediatamente depois, ele se foi, deixando meu traseiro livre.

A boca do meu peito direito foi substituída por outra mão forte. Agora meus seios estavam sendo massageados como um time.

De repente, uma das mãos desapareceu.

Segundos depois, percebi algo em meu peito, no vale formado por meus dois seios.

Era uma mão, uma mão manchada com algum tipo de lubrificante.

Ele examinou meus seios uma e outra vez, manchando-os com aquele líquido viscoso.

Alguém subiu na minha barriga, subiu pelo meu corpo e colocou um pau duro entre meus seios lubrificados.

Suas mãos se juntaram aos meus seios, transformando-os em uma boceta pronta para ser fodida.

Os quadris do homem começaram a se mover para frente e para trás em um ritmo insano.

O pau na minha boca desapareceu sem disparar sua carga na minha garganta e o pau na minha mão foi substituído por uma boceta ardente.

Alguém me beijou na boca, acho que uma mulher, deslizando a língua pela minha garganta.

Eu podia sentir o sêmen pingando de minha bunda e minha boceta.

O pau que estava fodendo meus seios aumentou sua velocidade.

Alguém levantou minhas pernas, expondo minha boceta.

Eles me chicotearam dez vezes com força na bunda, enquanto uma mão ocupava minha buceta, me masturbando.

O pau no meu peito começou a cuspir sêmen com força.

Acertou meu rosto e caiu pingando dela.

Ele também deve ter alcançado a mulher que estava me beijando, mas isso não o impediu de enfiar a língua em mim por um único segundo.

O membro já flácido se afastou dos meus seios.

A boca do beijo se afastou também, assim como o dedo do meu clitóris.

Por um momento, apenas fiquei deitada ali, exausta.

Mais ou menos um minuto depois, a venda foi removida.

Eles me deram uma toalha e eu gentilmente me limpei enquanto observava o grupo reunido.

Entre eles estava Paul, meu namorado, que também havia participado.

Percebi que não o havia reconhecido entre todas aquelas pessoas que me davam prazer ininterrupto.

"Agora vai agradecer a cada um de nós por ter proporcionado um momento tão agradável" disse-me o moderador "Mas o fará de uma forma muito especial".

Alguns momentos depois, ele estava beijando cada uma das bucetas das mulheres.

Em seguida, coloquei cada um dos pênis dos homens na minha boca, agradecendo a cada um deles.

Só então a porta se abriu.

" Onde está todo mundo? "Disse o recém-chegado" Droga, acho que estou no quarto errado! "

MULHER LATINA SUBMISSA

143

Juliet recebeu mais instruções em uma carta.

Era um envelope branco com "Confidencial" escrito em negrito.

As pernas de Juliet começaram a vacilar antes que ela pudesse abrir o envelope.

Ele se lembrou de ter conversado com Paul na noite passada.

Qual será o seu próximo plano ousado?

Com o relacionamento deles nos últimos meses, ela estava ganhando novos insights sobre si mesma e sua sexualidade.

Antes de Paul ser apresentado, ele pensava que sabia muito sobre sexo.

Mas desde seu relacionamento com Paul, ela começou a fazer muitas coisas que nunca havia imaginado antes.

Ela havia esquecido muitos de seus equívocos sobre si mesma.

Antes de conhecer Paul, ela pensou que estava completamente satisfeita com sexo.

Mas ela logo percebeu que não estava satisfeita com o que estava fazendo.

Ele a vendou durante o segundo encontro.

Julieta nunca teria imaginado como nosso corpo pode se tornar sensível quando não podemos ver.

Cada membro era assintomático ao toque, e ela foi tomada pela curiosidade de saber qual ponto seria tocado em seguida em seu corpo.

Ele sentia que cada toque em seu corpo deveria durar para sempre e estava lutando para desfrutar de cada toque.

Na próxima vez, Paul amarrou seus membros na cama.

Sentir que estamos desamparados emocionalmente, quando vemos nosso próprio corpo nu, nosso parceiro desfrutando dele, e não podemos fazer nada, não podemos resistir, não podemos evitar nada nós mesmos, esse sentimento é muito diferente.

Você está usando seu corpo lindo e jovem como quiser, na frente de seus olhos ... e você só quer sentir o que isso fará com você.

Sentimentos mistos de impotência e entusiasmo.

Eles jogavam esses novos jogos constantemente e ela gostava de todos eles ao máximo, apreciando a criatividade de Paul.

Curiosamente, Juliet, que acreditava que sua natureza era agressiva e dominadora, desistia facilmente de Paul no jogo do romance.

Não só isso, ela amava se entregar completamente, dar a ele seu corpo, fazer o que ele faria, fazer o que ele disse a ela para fazer.

Ela estava começando a sentir que alguém deveria dominá-la, obrigá-la a fazer qualquer coisa.

Essa mudança em sua natureza a pegou de surpresa.

Na noite anterior, Paul havia dito que a ousadia de amanhã seria o ápice do jogo até então.

"Você ouve tudo o que eu digo, não é?" Ele perguntou.

A submissão chegara a ela apenas por pedir.

"Sim, Senhor, farei o que você me disser", respondeu ela calmamente.

Ela podia falar muito baixinho, mas essa descoberta começou somente quando ela conheceu Paul.

"Pois bem, amanhã você receberá uma carta em seu escritório. Essa carta conterá mais instruções para você."

... e agora ele realmente tinha aquela carta na mão!

Com as mãos trêmulas, ele quebrou o selo da carta.

O que estaria escrito nele?

Qual será o próximo plano ousado de Paulo?

O que eu teria que fazer por ele hoje?

Um pouco assustada, um pouco envergonhada também, começou a tirar o papel branco de dentro do envelope, olhou e leu ...

"Escravo

1. Prepare-se para o nosso jogo hoje à noite às oito horas, seja corajoso.

2. Você deve se vestir assim: calça vermelha macia, blusa combinando, calcinha-sutiã combinando, brincos dourados nas orelhas, cinto prateado e sapatos de salto alto.

3. Um Mercedes irá buscá-lo às oito horas. O motorista saberá para onde ir. Ele lhe dará mais instruções posteriormente. Assim como você segue minhas instruções agora, você também deve seguir as instruções dele à noite.

4. Além disso, você não levará mais nada, pois não precisará dele. Você não precisa de uma bolsa ou qualquer outra coisa. "

O peito de Julieta palpitou de excitação até ela terminar de ler as instruções.

Empolgada com o que aconteceria hoje, ela começou a se molhar.

Paul, um código de vestimenta, oito horas da noite, motorista de Mercedes ... nada mais.

Ele sempre conseguia distraí-la no trabalho.

Um pouco assustador, um pouco de emoção, um pouco de diversão, muita curiosidade ...

Até agora, por mais ousados que fossem seus jogos, eles eram disputados em locais "privados".

Às vezes na casa de Julieta, às vezes no apartamento de Paul e uma vez em um hotel.

Mas ela se renderia a Paul sozinha ... mas hoje ela conheceria uma terceira pessoa, o motorista daquele Mercedes!

Paul deu ao motorista algumas instruções ousadas?

Paulo disse, você deve obedecer a tudo que o motorista diz ...

O que acontece se o motorista pedir a ela para tirar a roupa no carro?

Ou se ele pedir que ela o beije sentado no carro?

Ou se você inclinar enquanto dirige ... ??? oh, Deus

Por que ela confessou tudo isso a Paul?

Ela cometeu um erro ao confiar tanto nele?

Por um lado, com tantas dúvidas em sua mente, ela também acreditava que Paul não permitiria que surgisse qualquer situação que a colocasse em perigo.

Ela sorriu para si mesma, percebendo que a ideia do motorista forçando-a a se despir era tão assustadora quanto excitante.

Às oito horas, Juliet havia se vestido e despido três vezes.

No começo ele usava calças vermelhas, mas não eram macias.

Eu fico bem assim, por que eu deveria prestar tanta atenção nele ...

Ao dizer isso, sem perceber, tirou a calça e procurou um vermelho mais suave.

Então ele começou a procurar os brincos de ouro.

Ele nunca teve a chance de usar aqueles brincos como costumava usar jeans e uma camiseta, mas Paul disse uma ou duas vezes que gostava muito deles.

Estranhamente, ela não se lembrava de quando disse a Paul que tinha um cinto de prata.

Mas ele havia escrito a mesma coisa em sua carta, então ele devia saber, isso é certo.

Enquanto apreciava mentalmente sua inteligência ...

... O relógio bateu oito horas e um carro buzinou na estrada.

Julieta desceu correndo a escada e olhou pelo olho mágico da porta da frente.

Em frente ao portão estava uma comprida Mercedes preta.

Ela tirou a bolsa do ombro e a jogou no sofá do corredor, trancou a porta da frente, destrancou o portão e foi até a Mercedes.

O motorista uniformizado abriu a porta traseira para ele.

O motorista era de meia-idade e tinha uma aparência educada.

Ela se sentou lá dentro, perguntando-se se ele já lhe daria alguma instrução.

o motorista fechou a porta muito educadamente, sentou-se e ligou o motor.

Como esperado, andar de Mercedes era muito confortável, mas ele não parecia se importar.

Agora esse motorista vai te dizer o que fazer, como e se você realmente quer obedecer ao que ele diz ...

Muitos desses pensamentos estavam se agitando em sua mente.

O Mercedes acelerou pelas ruas movimentadas da cidade.

Aos poucos, o trânsito ao redor foi se tornando menos denso e ele percebeu que eles haviam saído da cidade e entrado na zona industrial.

As fábricas e prédios de escritórios de cada lado da rua estreita não pareciam familiares.

De repente, o motorista diminuiu a velocidade do Mercedes e entrou em um estacionamento que parecia estar abandonado.

Embora a velocidade do veículo fosse lenta o suficiente para entrar pela estrada principal, não era lento o suficiente para ler as letras na placa do lado de fora do pacote.

Dentro da trama, Juliet vê a cabana de um Vigilante com uma porta velha e dilapidada.

O motorista parou o carro e desceu.

Ele voltou e abriu a porta para Juliet.

Assim que ela saiu, ele fechou a porta, agarrou-a pelo pescoço e conduziu-a para a cabana desabada do Vigilante.

Juliet ainda não tinha ouvido a voz do motorista.

Aquela cabana de quatro por quatro pés tinha um balcão na frente.

O jovem sentado no balcão disse ao motorista:

"Obrigado amigo, até a próxima."

O motorista apenas sorriu e rapidamente se virou e saiu.

Agora Julieta estava sozinha diante daquele jovem desconhecido mas bonito.

Havia alguma magia em seu sorriso.

"Juliet, não é o seu nome? Siga-me", o jovem ordenou.

Juliet o seguiu com cuidado.

Os dois entraram em uma sala parecida com um escritório nos fundos do prédio em ruínas.

Não havia nada na sala, exceto uma mesa e cadeiras no canto.

"Você está pronta para a aventura única de hoje, Juliet?" Ele perguntou ficando sério.

"Uhm? Talvez ..." Juliet disse ficando um pouco nervosa.

"Bem", disse ele, sorrindo misteriosamente, "a todos os que lhes derem instruções esta noite, vocês as seguirão com atenção. Sem dúvida ... e sem perguntar a ninguém. Algumas das sugestões serão estranhas ou estranhas, mas acredite em mim, você será mais feliz. se você seguir as instruções. Então faça o que lhe é dito, sem vergonha, medo ou medo. "

"Ok. O que eu tenho que fazer?" Juliet perguntou com firmeza.

Olhando para o corpo sexy de Juliet, ele disse:

"Ouça então. Primeiro, tire a roupa."

"Todos?" Juliet perguntou hesitante.

"Não", disse ela com um sorriso malicioso, "tire tudo, exceto a calcinha, os brincos, o cinto de prata e os saltos."

Juliet não sabia se tinha ouvido as instruções corretamente.

Ele havia lhe dado instruções em palavras muito claras e em voz alta.

No entanto, Juliet sentiu que ele não tinha sido capaz de dizer nada disso.

Mesmo depois de digerir sua sugestão com grande esforço, ela ainda esperava que ele saísse da sala ...

Ela achava que deveria pelo menos virar as costas para ele.

Claro, Juliet sabia que ela estava esperando muito, mas ainda ...

Em um acesso de raiva, ele abaixou as calças, deixando o cinto.

Ela desabotoou o primeiro botão da blusa e olhou para ele para mostrar que você não está menos nesta situação.

Mas assim que ela percebeu que seu olhar deslizou para baixo quando ela removeu outro botão, ela inadvertidamente olhou para si mesma.

Ela ficou com vergonha de ver o sutiã rosa macio muito apertado que ficou claramente visível depois que dois botões saíram do topo.

Seus seios carnudos e macios lutando para sair dele.

Animada, ela começou a respirar cada vez mais forte, e seus seios já cheios pareciam inchar.

Sem perder mais tempo, ela desabotoou todos os botões que faltavam em sua blusa.

Assim que ele tirou as calças de seus pés, ela olhou para ele e puxou a blusa justa pelo cinto com as duas mãos.

Então, empurrando-os para trás e, claro, inflando ainda mais seu grande e lindo peito, ela também removeu os ganchos do sutiã.

Mas por alguns momentos ela permaneceu na mesma pose e olhou para ele.

Ele deu um passo à frente, olhando para seus seios inchados.

Percebendo que não havia como escapar, Juliet revirou os olhos, respirou fundo e tirou lentamente o sutiã com as duas mãos.

Ela não teve coragem de olhá-lo nos olhos agora.

E então ele percebeu que ainda estava esperando que ela saísse ou lhe desse as costas.

Mas ela mesma poderia ter virado as costas quando estava se despindo na frente daquele jovem estranho!

Mas ela descaradamente tirou as roupas uma por uma na frente dele ...

Ela ficou ainda mais envergonhada com esse pensamento.

"Dobre as roupas e coloque sobre a mesa", Julieta recobrou a consciência com a sugestão seguinte.

Ela abriu os olhos, mas, evitando o olhar dele, pegou a calça, a blusa e o sutiã que estavam rolando pelas pernas e se aproximou da mesa.

Dobrando-os com cuidado, ela os colocou sobre a mesa e ficou na frente dele, mas não muito atrás.

"Agora vire-se e fique com as duas mãos para trás", ele instruiu novamente em uma voz séria.

Agora, virando as costas, perguntando-se para que serviria, ela se virou e acenou com as duas mãos como se tivesse ficado muito preguiçosa.

Ela acenou com a cabeça, sentindo-o vindo em sua direção.

Seus pulsos delicados foram tocados por metal frio enquanto ela pensava no que aconteceria a seguir.

Que novidade é essa, perguntou ela, até que algo estalou e as duas mãos ficaram na mesma pose que ele havia dito.

Oh, Deus. Você está aqui em um lugar desconhecido, com um homem desconhecido, neste momento, em tal estado ... e agora tão indefeso !!

Poucas roupas no corpo, nenhum telefone por perto, nenhuma bolsa ...

Para que uso eles seriam?

Ambas as mãos estavam presas em algemas por trás.

Paul não está à vista.

E esse jovem estranho, mas bonito, está chegando tão perto de você ... estúpido!

Você é estúpida, Juliet.

Por que as pessoas acreditam tão cegamente?

E isso também em uma pessoa como Paul ... quão bem você o conhece?

O que vai acontecer com você agora.

Oh Deus, o que eu fiz ...

"Venha", disse ele, não esperando que ela andasse, mas segurando suas algemas e caminhando em direção à porta.

Não adiantava protestar.

Assim que ela saiu pela porta, uma rajada de ar frio varreu Juliet e lágrimas brotaram de seus olhos.

Ele estava caminhando com passos pesados.

Ele quase a arrastou para o estacionamento escuro.

Em tal estado seminu, ele também sentiu o apoio daquela escuridão, mas ...

Mas o que é isso?

A vergonha de seu próprio corpo seminu, de seu próprio desamparo, da companhia involuntária desse jovem estranho, enquanto ela estava com medo, também a excitava desamparadamente.

Ela tinha vergonha de sentir as doces sensações que aconteciam cobertas pela única vestimenta que restava em seu corpo.

Ela não sabia exatamente o que você estava pensando.

Embora seu corpo estivesse frio, ela se sentiu aquecida ao sair da sala e entrar no estacionamento, com o toque de seu corpo enquanto caminhava e o aperto forte da barra de algema.

Seus mamilos de chocolate escuro se contraíram e começaram a doer com o ar frio.

Parecia que ele estava segurando a barra com as duas mãos com muita força ... mas ela estava com as duas mãos presas atrás das costas.

E então o que aconteceria com ele se ele tivesse as duas mãos livres.

Se ele beliscasse seus mamilos duros com a mesma força com que segurava sua barra ...

Juliet ficou terrivelmente surpresa com seus próprios pensamentos.

O que você estava pensando há alguns momentos?

Devido a esse desamparo, a vergonha, as lágrimas acabavam de atingir seus olhos.

Agora, o toque da mão rochosa deste homem desconhecido deve tocar nossa parte mais íntima, o pensamento ... ou o desejo ...

Deus!

O que me aconteceu?

Que pensamentos vêm à mente?

Paul, onde está você, mal?

Você ... você me fez assim!

Serei capaz de olhar no espelho amanhã ou não?

Havia um pequeno portão no final do estacionamento.

O estranho abriu a porta e empurrou Juliet para dentro.

Era como uma grande câmara vazia.

Julieta estreitou os olhos e tentou olhar em volta, mas estava tudo escuro, exceto pelo lampião que pendia no meio do quarto.

Ele a puxou para cima novamente e a colocou sob a luz do lampião.

Seu belo corpo, que esteve coberto pela escuridão por tanto tempo, foi exposto novamente.

Envergonhada e de repente a luz em seus olhos, ela enxugou os olhos com força.

Alguns momentos se passaram em extremo silêncio.

Não há movimento, não há movimento.

Eu me pergunto se ele me deixou aqui ...

Ela sentiu seu toque roçar em sua cintura linear.

Uma ou duas vezes o toque se moveu lentamente de ambos os lados de sua cintura até as axilas e, em seguida, deslizou para baixo e deslizou pelas pontas de sua calcinha.

Julieta enxugou os olhos com força como se soubesse o que aconteceria a seguir.

Os dedos de ambas as mãos puxaram para baixo as pontas de sua calcinha rosa.

Sua calcinha travou quando alcançou suas coxas.

Com as mãos amarradas nas costas, ele não podia fazer nada.

Os dedos de sua mão esquerda avançaram por trás com autoridade e começaram a abaixar a frente de sua calcinha, beliscando-a, tocando sua vagina molhada.

No momento seguinte, a última vestimenta de seu corpo, embora apenas nominalmente, caiu a seus pés.

"Ponha-os de lado", sua voz poderosa ecoou naquele vazio.

Ele tirou as pernas dela da calcinha sem pensar.

Agora ela estava completamente nua, nua, nua.

Sem mencionar que havia algumas coisas deixadas em seu belo corpo: brincos, um cinto de prata e salto alto.

Claro, nada disso serviu para evitar o constrangimento, mas ela começou a pensar em si mesma ao enfrentar a situação em que se encontrava.

"Fique parado aí", disse ela, dando a próxima ordem.

Embora Juliet abrisse os olhos agora, ela não queria desobedecê-lo.

Enquanto pensava no que estava fazendo, ele o ouviu empurrar algo.

Ela olhou para a direita e o viu.

Ele estava empurrando algo com rodas em sua direção.

Era uma mesa.

A mesa tinha quase a altura da cintura.

Tiras de couro foram amarradas na mesa.

Ele trouxe a mesa bem na frente dela.

Então, circulando-a novamente, ele a empurrou para frente e a curvou sobre a mesa.

"Abra os pés, Juliet," ele ordenou.

Ela obedientemente moveu ambas as pernas ligeiramente cada uma para o lado.

"Mais ainda," ele gritou, e ela ficou com as duas pernas abertas.

Agora sua vagina molhada estava tocando o couro sobre a mesa.

Assim que as pernas dela encontraram as pernas da mesa, ele amarrou as duas pernas firmemente com as tiras de couro.

Agora era impossível para ele se mover.

Rodeando-a, ele libertou suas mãos das algemas.

Ele sorriu e ficou na frente dela.

Ao olhar para seu corpo nu, os olhos de Juliet baixaram automaticamente de vergonha.

Ele continuou dando ordens.

"Abaixe-se e toque os dedos dos pés."

Quando ela se abaixou, ele se inclinou para frente e amarrou as mãos dela nas pernas.

Por mais corajosa que fosse, Juliet estava apavorada com esse estado de desamparo.

Nesse estágio, ela não conseguia se mover sozinha.

Sua vagina molhada e nádegas cheias estavam completamente expostas na frente 'daquele' estranho.

Não só isso, mas sua vagina, e até mesmo seu cu, deviam ser visíveis para ele agora.

Ela estava tentando controlar sua respiração, imaginando o que ele faria a seguir.

Por um minuto ela não percebeu nenhum movimento dele, mas então ela percebeu que ele estava bem perto dela.

E ao mesmo tempo sentiu um toque muito familiar, mas em um lugar inesperado ...

Vaselina! Sim, era vaselina.

Ele esfregou vaselina em seu buraco traseiro com um dedo revestido.

Ele espalhou ao redor dela por um tempo e então inseriu o dedo em seu ânus.

Juliet prendeu a respiração por um momento.

Antes de conhecer Paul, ela não sabia de nenhum outro uso para seu orifício anal além do normal.

Ela costumava ficar chateada quando via sexo anal em um vídeo pornô com Paul.

Ele gritaria com Paul e o forçaria a passar de cena.

Mas uma vez que ele amarrou seus braços e pernas na cama e lhe ensinou o tipo de sexo dominante, ele inseriu um tampão de borracha em seu ânus, apesar de sua oposição.

Juliet, que inicialmente estava gritando, aceitou esse tipo de diversão em nenhum momento.

Depois disso, toda vez que Paul descia para lamber sua vagina, ela começava a implorar para ele inserir pelo menos um dedo atrás dela.

Na verdade, Paul gostava muito de fazer assim, mas só para irritar Juliet, ele costumava lembrá-la de sua rejeição e repulsa ...

Mas hoje, enquanto o dedo desse homem desconhecido circulava livremente por sua virilha e ânus, ele tinha muitas emoções em sua mente.

Ela estava com raiva de sua própria impotência.

O intruso o estava incomodando pelo avanço flagrante.

Ela odiava Paul por colocá-la em tal situação.

Havia lágrimas em seus olhos de dor quando seu dedo penetrou dentro.

E ao mesmo tempo, ela ficou excitada quando percebeu que o dedo de um estranho estava se movendo em seu ânus em um lugar estranho.

Depois de empurrar o dedo para dentro e para fora do buraco dela por um tempo, ele inseriu à força um plugue de borracha grosso em seu buraco.

Embora a vaselina reduzisse um pouco o desconforto, o tamanho do tampão era muito maior do que o tamanho de seu orifício.

Mas Juliet não pôde fazer nada além de protestar.

Juliet estava tentando parar de chorar e respirar fundo, naquele momento ...

Quando o plug foi totalmente inserido dentro, ele bateu em seu traseiro dolorido com força e se afastou dela.

O grito literalmente abafado de Juliet seguiu o som do "estalo" que reverberou por toda a sala.

Nesse ponto, ele ficou muito zangado com Paul.

Ele deve ter contado ao estranho várias coisas que são muito particulares entre os dois.

Claro!

Além disso, como esse homem poderia saber que Juliet, que está sempre no comando no trabalho, gosta de ser dominada no sexo?

Embora ela estivesse chorando enquanto seu dedo se movia em seu ânus, ela deve ter sabido que adora ser cutucada.

E agora, sem se preocupar com a dor física que estava passando, e sem antecipar qual seria sua reação, ela se convenceu de que Paul deve ter lhe contado tudo por causa da força com que a espancou.

Paul também ensinou a ela o truque de aliviar a dor extrema.

No mundo exterior, Juliet não conseguia suportar a voz alta do homem à sua frente.

Mas, neste mundo privado, sua maior fantasia era que alguém poderia torturá-la, forçá-la fisicamente.

Aproveitando essa informação, ele ficou furioso e ao mesmo tempo muito animado ao perceber que aquele homem estava brincando com seu corpo.

Com todos esses pensamentos em sua mente, no entanto, ele continuou a lançar um chicote nela.

Suas nádegas claras agora estavam avermelhadas como cerejas e quentes como o inferno.

Depois de dez ou quinze golpes, ele jogou o chicote de lado e começou a bater nas nádegas avermelhadas de Juliet.

Depois de muita tortura, Juliet começou a querer abraçá-lo.

Ele parou e ficou na frente dela apenas quando ela queria que suas mãos se movessem para trás por um pouco mais de tempo.

Inclinando-se e liberando suas mãos, ele a endireitou.

Ele pegou a mão delicada dela e a ergueu.

Juliet viu uma corda forte pendurada acima.

Ele cuidadosamente amarrou as mãos dela e as envolveu na corda.

Ele escorregou e caiu para o lado.

A corda foi amarrada na ponte a partir do telhado.

Ele desamarrou a corda, pegou-a na mão e começou a puxá-la com força.

O corpo de Juliet estava sendo puxado e içado com a corda puxando seus braços.

Juliet estava deixando que ele puxasse seu corpo sem qualquer resistência.

Ele continuou puxando a corda até que a ergueu pelos dois calcanhares.

Agora Juliet estava na ponta dos pés de seus saltos altos, balançando o corpo, mas não pendurada.

Ele amarrou a ponta da corda novamente e ficou na frente dela.

Todo o peito de Juliet estava agora ereto quando ela tinha os dois braços levantados.

Olhando de cima, seus próprios mamilos também pareciam um pouco angulados.

E então, girando os dedos sobre os círculos escuros ao redor de seus mamilos, de repente ele agarrou ambos os mamilos pontudos com um beliscão e puxou com força.

Gritando de boa vontade, Juliet tropeçou onde estava.

Suas coxas também eram limitadas em seus movimentos, pois suas pernas estavam amarradas na parte inferior e as mãos na parte superior.

Ele continuou puxando e liberando seus mamilos com o beliscão de seus dedos.

Lentamente, Juliet começou a ficar animada novamente.

Ela enxugou os olhos, puxou o pescoço para trás e moveu o corpo na direção dele.

Era como se ele quisesse aquela beliscada dolorosa uma e outra vez.

A partir daí, ele colocou uma pequena quantidade de creme vermelho nos dedos.

Gentilmente, ele esfregou a pomada em torno de seus mamilos.

Ele mergulhou os dedos no tubo novamente e pegou mais um pouco de creme.

Agora sua mão desceu e começou a tocar sua vagina.

Encontrando sua vagina através de seu cabelo fino, ele espalhou o creme ali também.

Então ele voltou e esfregou o plug de borracha de cor creme em seu ânus.

Julieta ficava muito excitada com o toque daquele creme frio em seus três órgãos 'privados'.

Mas depois de alguns segundos, o creme frio começou a esquentá-la.

E aos poucos começou a coçar no local onde aplicou o creme.

Ela estava ansiosa para que alguém apertasse seus seios.

Ela tentou libertar as mãos para pressionar seus próprios seios, para apertar seus próprios laços rígidos.

Agora ela precisava de seus dedos rochosos, em seus mamilos lambidos e sua vagina coceira ...

E ao mesmo tempo ele sentiu o toque daquele objeto vibrante.

Paul deu a ela um vibrador médio, mas até agora ela nunca o usou sozinha.

Paul costumava trabalhar o vibrador sozinho com ela.

Mas agora o vibrador, que havia penetrado em sua vagina coceira, parecia grande demais.

Além disso, suas vibrações pareciam muito mais fortes do que eu esperava.

Embora ambas as pernas estivessem amarradas, ela estava esticando as coxas para dar o máximo de espaço possível para o vibrador.

Ele rastejou um centímetro, antecipando sua delicada vagina.

No entanto, Juliet estava tão excitada com o creme e a situação em geral que empurrou todo o seu corpo para a frente e tentou colocar o vibrador dentro.

Quando ele pegou o vibrador espesso em sua totalidade, ele ficou tremendo, apreciando sua vibração.

Ambas as pernas amarradas.

Eu atiro com as duas mãos amarradas.

Em um lugar tão desconhecido, Juliet sentiu a alegria da vida pendurada completamente indefesa, nua, excitada na frente de um estranho.

Um plug apertado em seu ânus e um vibrador enchendo sua vagina.

Mamilos excitados por aquele creme vermelho em cima.

Ela queria sinceramente que o estranho a mordesse, mordesse e esmagasse suas nádegas rechonchudas e carnudas.

Ele sentiu como se os dois objetos em ambos os orifícios tivessem penetrado profundamente em seu corpo.

Ele nunca tinha parado de empurrar o vibrador, mas a própria Juliet estava tentando colocá-lo dentro.

Fechando ambos os buracos, puxando pulsos e tornozelos até o ponto de tensão, ele esticou todo o corpo e com um grito atingiu o clímax de felicidade.

Pela primeira vez em sua vida, aquele momento durou muito.

Os músculos do ânus começaram a se contrair, enquanto os músculos vaginais começaram a enfraquecer.

E antes que a primeira onda de excitação diminuísse, seu corpo endureceu novamente.

Ela experimentou um segundo orgasmo consecutivo devido ao tampão de borracha inserido em seu ânus.

Ela estava sentindo extrema dor e prazer ao mesmo tempo.

Lentamente, seu corpo começou a afundar e ela fechou os olhos.

Seu rosto repousou sobre o peito em uma posição pendente.

Ele se inclinou para frente e puxou o vibrador de sua vagina.

Demorou um pouco para seu corpo se recuperar.

Então, juntando um pouco de força, ele ergueu o pescoço, abriu os olhos e ...

... todas as luzes da sala estavam acesas.

Sob seu olhar, ela viu cerca de quinze cadeiras, a apenas dez metros dela.

Ela olhou para as cadeiras sem acreditar e, é claro, para as pessoas sentadas nelas.

Havia homens na casa dos trinta e cinquenta ... e havia mulheres.

Todos eles olharam para Juliet com alegria e admiração.

Paul estava sentado na última cadeira, olhando para ela com orgulho.

Fiquei feliz em ver Paul.

Mas então ele se lembrou de sua própria condição e da recente 'exposição'.

Envergonhada, ela abaixou o pescoço, mas não conseguia mover as mãos para cobrir o corpo nu.

E do que ele iria se esconder agora?

Depois de assistir todo o 'show', eles ...

Com todos esses pensamentos passando por sua cabeça, ela sentiu o toque de água fria atrás dela.

O estranho, que vinha brincando com seu corpo por tanto tempo, estava 'gelando' ela com um cachimbo de água na mão.

Ela não tinha escolha a não ser deixá-lo banhá-la com os braços e as pernas amarradas.

Girando seu corpo nu, ele a banhou completamente da cabeça aos pés.

Primeiro os restos dos cílios nas nádegas, depois o atrito dos braços e pernas com a bandagem, os seios e mamilos que incharam com o creme e seu manuseio, em ambos os poros delicados dos quais ela sofreu um ataque inesperado de ambos direções, e em todo seu corpo jovem e terno.

Eu realmente precisava daquela água fria!

Quando ela estava completamente encharcada, ela fechou a torneira e deu um passo à frente para soltar as pernas.

Julieta abriu as pernas compridas e tentou se endireitar.

Então ele desamarrou a corda que estava pendurada acima e soltou suas mãos.

Deixando-a sozinha por um momento, ele se aproximou dela novamente.

Ele puxou a mesa de trás e fez Juliet se sentar nela.

Não havia força em seu corpo, não havia desejo em sua mente de se opor a qualquer de suas ações!

Ele a deitou na mesa e amarrou suas mãos.

Desta vez, ele enrolou as alças em torno de suas coxas sem amarrar as pernas nos tornozelos.

A vagina de Julieta estava agora mais aberta do que antes, com as alças presas a ganchos de cada lado da mesa.

Agora sua vagina rosa estava visível na frente dela, e o tampão de borracha em seu orifício traseiro também estava visível.

Ele a deixou naquele estado por um tempo.

Agora, o pensamento de pessoas sentadas na sala e olhando para ela a fazia se sentir envergonhada e também excitada.

Lembrando que Paul também estava perto dela, ela se recostou na mesa, esperando o próximo ataque ...

E então ela sentiu o toque familiar do vibrador ... primeiro nas pernas, depois nas coxas roliças, depois na barriga lisa, ao redor dos mamilos ocos e, em seguida, movendo-se lentamente para cima em ambos os seios, nos mamilos rígidos.

Ele não podia acreditar que poderia ficar animado novamente em tão pouco tempo.

Ele sentiu a secreção de sua vagina escorrendo de suas coxas exaustos para seu próprio ânus.

E ela foi oprimida pela visão de quinze ou vinte estranhos, homens e mulheres olhando para ela.

Ansiosa, ela começou a pronunciar:

'Ah, ah!'

De repente, o vibrador disparou.

A excitação de Juliet não estava mais em seu corpo.

Ela começou a gritar bem alto, gritando e chamando o estranho para vir e continuar acariciando-a com o vibrador.

Alguns segundos devem ter se passado e então ela sentiu um toque muito estranho e inesperado entre suas duas coxas ...

Surpresa, ela olhou para lá e viu que o jovem estranho movia sua longa língua sobre sua vagina.

Ela sorriu e olhou para ele, então se recostou na mesa e relaxou o corpo.

Ele não era mais um estranho para ela.

Os outros homens e mulheres na sala não existiam para ela.

Ele nem mesmo tinha pensamentos para Paul em sua cabeça.

Sentindo o toque da língua longa e forte do jovem, ele revirou os olhos e se deitou.

Durante o próximo orgasmo, ela manteve um grande sorriso no rosto.

Quanto tempo ela ficou lambendo a vagina, quanto tempo ficou deitada na mesa, acordada ou dormindo ... Eu não tinha como saber.

Tudo o que ela sabia era que os dois estavam sozinhos na sala novamente, seus membros estavam livres, o tampão de borracha tinha sido removido de seu ânus e colocado ao lado da mesa, e o estranho que havia lhe dado o maior orgasmo de sua vida , sem relação sexual, ele ficou educadamente na frente dela.

Ele se levantou devagar e saiu da mesa.

Ele estava com as roupas nas mãos.

Agora, enquanto ela se vestia, ele se encostou nela ... não para envergonhá-la, mas para abotoar seu sutiã apertado.

Ele também a ajudou a terminar de se vestir.

Depois de se vestir, ele conduziu Juliet de volta à cabana do Vigilante.

A mesma Mercedes preta estava parada na frente.

O motorista da Mercedes abriu a porta para ela e parou na expectativa.

Julieta sorriu ao se lembrar da simpatia do motorista.

Virando-se, ele perguntou pela primeira vez desde que conheceu o 'estranho',

"Qual é o seu nome?"

Ele sorriu.

Ele pegou a mão dela e apertou-a mais perto e disse:

"Meu nome não é importante."

Então ela apenas sorriu e disse "Obrigada" e começou a caminhar em direção ao carro.

Paul estava esperando por ela no banco de trás do carro.

Assim que ele entrou, Juliet abraçou Paul nos braços.

Paul deu um tapinha afetuoso na cabeça dele e fez sinal para que o motorista ligasse o carro.

O Mercedes preto começou a correr novamente pelas ruas estreitas da zona industrial em direção à cidade movimentada.

Paul pegou uma câmera de vídeo que havia deixado de lado e segurou a tela perto de Juliet e disse:

"Tudo o que você fez desde que saiu do carro ... ou tudo o que foi feito com você está neste vídeo. Como você é corajoso."

Juliet estava relaxando em seus braços.

O sorriso em seu rosto e a satisfação falaram por ela sem precisar dizer mais nada.

Deixando-a relaxar no carro, Paul deu-lhe tapinhas novamente e olhou para a fita de sua coragem.

O plano de hoje foi um sucesso.

Eu estava feliz e animado porque logo estaria pronto para uma próxima aventura incrível ...

FIM